KB078280

박선우 장편소설

FUSION FANTASTIC STORY

기쩍의
환생

MIRACLE LIFE

기적의 환생 3

박선우 장편소설

초판 1쇄 찍은 날 § 2018년 7월 19일
초판 1쇄 펴낸 날 § 2018년 7월 26일

지은이 § 박선우
펴낸이 § 서경석

총괄팀장 § 최하나
편집책임 § 신보라

펴낸곳 § 도서출판 청어람
등록번호 § 제387-1999-000006호
등록일자 § 1999. 5. 31
어람번호 § 제1-2937호

주소 § 경기도 부천시 부일로 483번길 40 서경B/D 3F (우) 14640
전화 § 032-656-4452 팩스 § 032-656-4453
http://www.chungeoram.com
E-mail § chungeorambook@daum.net

ⓒ 박선우, 2018

ISBN 979-11-04-91794-3 04810
ISBN 979-11-04-91763-9 (세트)

박선우 장편소설

FUSION FANTASTIC STORY

기적의 환생

MIRACLE LIFE

3

도서출판 청람

기적의 환생

MIRACLE LIFE

CONTENTS

제16장
그곳으로 간다 III

여자한테 빠져? 내가?

그럴 리가 없다. 어떻게 돌아온 인생인데 선불리 여자에 빠져 허우적댈까.

이문영의 접근을 그대로 방치한 것은 돌아온 후 앞만 보고 달려온 자신에 대하여 여유를 주기 위함이었다.

더불어 즐거웠다.

이런 즐거움이 얼마만인지 모른다.

가슴속에서 살아 숨 쉬는 설렘과 이성의 향기로 인해 솟아나는 활력은 고된 훈련과 공부로 지친 몸을 어루만져 주는 청

량제였다.

그래, 이런 여유, 이런 즐거움 정도는 괜찮지 않겠는가.

＊　　　　　＊　　　　　＊

"오늘도 데이트했냐?"

"데이트 아닙니다."

"자식이, 내숭은. 데이트가 별거냐. 매일 붙어서 알콩달콩 하면 데이트지?"

"관장님, 문영이는 그냥 친구라고요!"

"남자하고 여자는 그냥 친구가 될 수 없어요. 생각해 봐라. 같이 있으면 만지고 싶고 뽀뽀하고 싶고, 그리고 으응… 그런데 친구가 어떻게 되냐? 개풀 뜯어먹는 소릴 하고 있어."

"하여간, 관장님하고는 말이 안 통한다니까. 왜 왔어요?"

야릇한 미소를 짓고 있는 윤성호를 향해 연필을 내려놓으며 최강철이 가자미눈을 만들었다.

그러자 윤성호가 비실비실 웃으며 가까이 다가왔다.

최강철은 독방을 썼다.

저녁에 공부를 해야 한다고 우겼기 때문에 윤성호가 선수촌에 사정사정해서 겨우 얻어낸 것이었다.

2인실이었지만 방은 그리 크지 않아 책상과 침대, 그리고 옷장이 전부였다.

"내일 불암산 달리기가 있다는 말 들었지?"

"그런데요?"

"선수촌장님이 1등 한 팀한테 저녁 회식 비용으로 10만 원을 쏜단다. 어쩔래?"

"저보고 1등 하라고요?"

"우리 복싱단 전통이 막내가 1등하는 거라더라. 그러니까 네가 수고 좀 해줘야겠어."

"저는 안 되겠는데요. 내일 문영이랑 같이 뛰기로 했어요."

"지랄한다. 이 자식이 아주 푹 빠졌구만."

"빠져서 그런 게 아니라 걔가 다리 아프다네요. 어차피 1등은 우리가 맡아놨잖아요. 누가 복싱단을 이기겠어요."

"그래서 안 할 거냐?"

"성길이 형한테 부탁해 놓을게요. 그리고 관장님 눈에는 저 지금 공부하는 거 안 보이세요. 이제 시험이 얼마 남지 않았다고요!"

"어이구."

"그렇지 않아도 앞으로 시험 때까지 훈련을 오전만 하려고 했어요. 그러니까 사정 좀 봐줘요."

"난 도대체 네 속을 모르겠다. 복싱 하는 놈이 대학 가서 어쩌려고 그래?"

"입학한 후 곧바로 휴학하고 미국으로 떠날 거라고 몇 번을 말해요. 공부는 꿈을 이루고 돌아와서 할 겁니다. 관장님도 이제 서서히 준비해 놓으세요. 얼마 남지 않았어요. 우리 꿈을 이룰 날이 말입니다."

*   *   *

다음 날 아침.

태릉선수촌의 전통인 불암산 달리기가 시작된 것은 정확하게 오전 10시였다.

이미 운동장에는 60여 명의 선수가 출발을 위해 준비하고 있는 중이었다.

옆으로 슬쩍 다가온 문성길은 체육복을 입은 채 운동장으로 나온 최강철을 향해 불쑥 입을 열었다.

"나중에 꼭 갚아. 알았어?"

"예."

"인마, 뭘로 갚아야 할지 안 물어봐?"

문성길이 눈살을 올리며 묻자 최강철이 고개를 갸웃거렸다.

뭔가 속셈이 있는 얼굴이었는데 도대체 그게 뭔지 알 수가 없었다.

"원하는 게 뭔데요?"

"흐흐… 나도 같이 행복해 보자. 네 여자 친구한테 한 명 소개시켜 달라고 부탁 좀 해주라."

"그건 안 되겠는데요. 형 얼굴 가지고는 힘들어요."

"이 자식아!"

"크큭… 말은 해보겠습니다. 하지만 기대는 하지 마세요."

대답을 해준 뒤 문성길이 날아갈 것처럼 출발선으로 뛰어가는 걸 보며 최강철이 빙그레 웃었다.

자신보다 한 살이 많을 뿐이니 아직도 새파란 청춘이다.

이제 20살에 불과한 청춘은 그 누구든 사랑을 꿈꾸며 좋은 사람을 만나길 간절히 바라는 법이다.

운동장 한가운데로 걸어가자 기다렸다는 듯 바람처럼 이문영이 나타났다. 아주 잠깐 언덕에서 짧은 시간 대화를 나누는 것이 고작이었지만 이미 선수촌에서는 소문이 다 났기 때문에 두 사람이 같이 붙어 있자 운동장에 모여 있던 선수들이 휘파람을 불어댔다.

처음부터 무리할 생각은 없었다.

반드시 1등을 하려는 마음이 없으니 이문영의 부탁대로 그녀와 같이 뛰며 천천히 불암산을 오를 생각이었다.

다른 선수들은 호각이 울리자마자 빠르게 달려 나갔다.

모든 선수의 마음에는 경쟁심이란 게 들어 있었기 때문에 누구에게 뒤진다는 건 자존심이 허락하지 않았다.

그건 이문영도 마찬가지였는지 산책하듯 가자던 말과 다르게 열심히 뛰었다.

아무리 뛰어도 최강철에게는 산보 가는 정도밖에 되지 않았다.

문제가 발생한 건 정상을 정복하고 내려올 때였다.

말이 씨가 된 것처럼 바위에서 헛디딘 이문영이 넘어져 발목을 접질렸는데 일어나지 못했다.

하아, 어이없는 일이다.

최강철은 넘어져 아픈 표정을 짓고 있는 이문영을 잠시 멍하니 바라봤다.

이 여자가 원하는 것이 무엇일까.

손조차 잡지 못하게 만들더니 이제 와서 일부러 넘어져 아파죽겠다며 자신에게 업어달라는 이유 말이다.

다가가 등을 대자 이문영이 살포시 업혀왔다.

긴장감 때문인지 아프다던 비명은 사라졌고 대신 침이 꼴깍 넘어가는 소리가 들려왔다.

다행히 모든 선수가 내려갔기 때문에 주변에는 사람들이 보이지 않았다.

남자들은 여자들의 속임수를 알면서도 속아준다.

여자들은 남자들이 어리석기 때문에 잘 속는다고 믿었으나 그건 단순히 여자들의 생각일 뿐 그렇지 않은 경우가 많다.

지금처럼.

이문영을 업고 산책하듯 내려왔다.

어차피 순위는 상관없었으니 괜히 여자를 업고 무리를 했다가 사고라도 나면 그런 불상사도 없기 때문이다.

최강철이 걸음을 멈춘 것은 산을 거의 내려와 능선에 도착했을 때였다.

능선에는 사람들이 전부 보였는데 아직 내려오지 않은 사람을 기다리면서 근육이 뭉치지 않도록 가볍게 몸을 푸는 중이었다.

"이제 내려."

"조금 더 가지, 아직 많이 남았는데."

"계속 꾀병 부릴 생각이야. 너 남자 등에 업혀서 사람들 앞에 나가면 시집 못 간다."

"알고 있었어?"

"내가 바본 줄 아냐. 얼른 내리기나 해. 저 사람들, 우리 때문에 해산 못 하잖아."

"칫, 알았어."

눈치도 빠른 여자다. 웬만한 여자는 속인 게 들통 나면 오리발부터 내밀었을 텐데 이문영은 즉시 내린 후 환한 미소를 지었다.

여우다.

남자 등에 업혀 유람 다녀온 것처럼 편하게 와놓고 미안하
다는 말 한마디 없이 빤히 쳐다보며 웃고 있으니 꼬리가 아홉
개 달린 불여우가 분명했다.

　최강철은 선수단이 퇴촌하는 것에 맞추어 집으로 돌아왔
다.

　대부분의 선수단은 3일 후 뉴델리로 떠나지만 그는 학력고
사를 치른 다음 떠나는 것으로 계획되어 있었다.

　그가 오랜만에 돌아오자 가족들이 전부 몰려나와 반겼다.

　특히 집에는 강원도에서 장기 하사로 근무하는 둘째 형이
휴가를 나와 있었는데 최강철을 보자마자 품에 안고 놓지를
않았다.

　작은 형은 군대에 말뚝을 박기 전까지 그와 친구처럼 지내
며 사이좋게 지냈다.

　그는 집안의 커다란 우환거리였다.

　공부와는 담을 쌓고 살면서 얼마나 사고를 쳤는지 아버지
의 근심이 마를 날이 없었다.

　학력고사를 위해 마무리 공부를 하면서 시간을 보냈다.

　나름대로 꾸준히 공부를 해왔기 때문에 자신은 있었으나
시험이란 것은 언제나 긴장감을 준다.

　어머니가 늦게까지 공부하고 집으로 돌아간 최강철을 붙잡

은 것은 시험을 일주일 정도 남겨놨을 때였다.

어머니의 눈은 떨리고 있었다.

"엄마, 왜 그러세요?"

"강철아… 강철아, 복싱 그만두면 안 되겠냐?"

"무슨 말씀이세요?"

최강철이 물으며 의아한 듯 물어보자 안방에 앉아 있던 아버지가 눈을 마주치지 않은 채 담배를 피우고 있는 게 보였다.

아버지는 어머니의 행동을 말리지 않았는데 뭔가 일이 생긴 것 같았다.

"네가 뭐가 아쉬워서 복싱을 혀. 사람 잡는 복싱을 왜 하냔 말이여. 지발 그만둬. 응, 그거 하지 마!"

사람 잡는 복싱이란 말이 어머니의 입에서 튀어나오는 순간 무슨 이유인지 금방 알아챌 수 있었다.

며칠 전 세계 타이틀전에서 링에 쓰러져 의식을 잃었던 김 득구 선수가 결국 운명을 달리했다는 사실을 알게 된 게 분명했다.

그랬기에 최강철은 부들부들 떠는 어머니의 손을 따뜻하게 감쌌다.

"엄마, 걱정하지 마세요. 안 맞고 잘할게요."

"안뎌, 나는 니가 누구 때리는 것도 싫고 맞는 것도 싫다.

그러니 지발 그만둬. 강철아, 엄마 말 좀 들으면 안 되겠냐. 이눔아, 그러다… 그러다 잘못되면 워쩌!"

"…엄마."

"이눔아, 누군 죽고 싶어서 죽는다냐. 죽을 둥 살 둥 모르고 싸우다 죽는 거지. 내가 너 거기 갔을 때 핵교에 댕겨왔어. 너네 선생님도 그러더라. 강철이 정도면 좋은 대학교 가서 잘살 수 있다고 혔어. 그런데 뭐 하러 그 짓을 혀. 하지 마. 하지 말라고!"

어머니는 눈물을 흘리고 계셨다.

복싱으로 인해 누군가가 죽는다는 사실이 커다란 충격과 불안을 준 모양이었다.

아버지는 헛기침만 하고 있다가 어머니가 최강철의 팔을 붙들고 소리를 높이자 슬그머니 나서서 말렸다.

"그만혀. 저도 생각이 있지 않겠어."

"뭘 그만해유. 당신은 우리 아덜이 죽어도 괜찮아유? 여태껏 그렇게 야기해 놓고 그런 소리를 하면 워쩌유!"

"그럼 워쩌. 시험 끝나면 금방 떠나야 하는 눔한테 지금 그런 야기를 하면 쟈는 어쩌라고. 내가 뭐라고 그랬어. 시합 댕겨오면 그때 야기하자고 그랬잖어."

"불안해서 견딜 수가 있어야쥬, 불안해서……. 거기 가서 큰일 나면 어쩌유. 우리 아덜인데, 다른 사람도 아니고 우리 아덜이잖아유."

어머니의 비명 소리가 마치 아기 사슴의 울음처럼 뾰족하게
방 안을 적셨다.

안다. 그래서 더 가슴이 먹먹하다.

최강철은 그저 다가가 어머니를 품에 안았다. 예전의 그 앙
상했던 가슴이 아니라 운동으로 인해 떡 벌어진 가슴은 이제
어머니를 충분히 안을 수 있을 만큼 넓어졌다.

알아요, 어머니.

그럼에도 할 수밖에 없어요.

저는 바보 같은 삶을 살면서 어머니를 버리는 짓을 다시는
하지 않을 거예요. 그리고 어머니의 눈물과 걱정 어린 한숨을
듣지 않을 겁니다.

그러니… 조금만 참아주세요.

고사장으로 정해진 고등학교에 도착하자 수많은 현수막과
피켓이 나부꼈다.

각 학교의 후배들은 선배들에게 시험을 잘 치라며 응원전
을 펼치고 있었는데 정문에는 학부모들이 붙여놓은 엿들로
도배가 되어 있었다.

차분히 고사장에 들어가 시험을 쳤다.

이 또한 복싱 못지않게 내가 준비한 것이었고 반드시 이루

어내야 할 목표였다.

"강철아, 잘 봤냐?"

"예, 선생님."

얼마나 기다리고 있었던 것일까.

담임선생인 박문기는 추위로 붉어진 얼굴을 한 채 최강철이 나오자 부리나케 뛰어와 결과부터 물어봤다.

최강철의 담담한 대답에 그의 얼굴이 순식간에 활짝 펴졌다.

그는 최강철의 성격을 잘 알고 있었기 때문에 그 한마디만 가지고도 충분히 만족할 수 있었다.

물론 최종 결과가 나와봐야 알겠지만 제자의 얼굴과 표정에서 자신감을 읽은 그의 얼굴은 추위에도 불구하고 봄 햇살처럼 활짝 펴졌다.

그래, 그런 거지.

사람들은 모두 걱정을 지닌 채 살아간다.

아들이 잘못될까 봐 노심초사하는 부모님도, 지금 눈앞에 서 있는 담임선생님도, 그리고 저기 모여 자식들을 맞이하는 사람들도, 삶의 하나하나에 담겨 있는 걱정거리를 품은 채 그렇게 세상을 살아가고 있다.

*　　　　*　　　　*

부모님과 이성일, 학교에서 나온 교감 선생님을 비롯한 친구들의 배웅을 받으며 비행기에 올랐다.

아마추어 세계에서는 마지막이 될 아시안게임을 정복하기 위해서.

어머니는 떠나는 아들에게 눈물을 보이기 싫었던지 얼굴을 비추고는 곧장 아버지의 손을 붙잡고 돌아가셨다.

뉴델리까지의 비행시간은 9시간이나 되었기에 내일 당장 벌어지는 예선에 지장이 있겠지만 걱정은 하지 않았다.

지루한 비행이 끝나고 뉴델리 공항을 빠져나오자 그를 픽업하기 위해 윤성호와 유광호가 기다리고 있었다.

유광호는 이번에도 선수단을 지휘하기 위해 왔는데 게이트가 열리며 최강철이 모습을 드러내자 막냇동생을 반기듯 달려왔다.

"오느라고 고생했지?"

"아니에요."

"시험은 잘 봤냐?"

"그냥저냥 봤습니다."

"그래, 그까짓 시험이 뭐가 문제겠냐. 얼른 가서 쉬자. 당장 내일이 시합인데 컨디션 조절조차 못 해서 큰일이다."

"괜찮을 겁니다. 우리 강철이는 그야말로 강철 같은 놈이거든요. 더군다나 내일은 약한 선수와 붙으니까 별문제 없을 거예요."

옆에서 시큰둥한 표정을 짓고 있던 윤성호가 대신 대답했다.

그는 못마땅한 얼굴을 하고 있었는데 최강철을 바라보는 시선이 심상치 않았다.

"윤 코치, 왜 그래, 뭔 일 있어?"

"저 자식이 나를 먼저 가라고 등 떠밀었다니까요. 시합 전날까지 오면 된다고 그렇게 말했는데도 냉정하게 잘랐다고요. 완전 싸가지에 밥 말아 먹은 놈입니다."

"어이구."

기가 막힌 듯 유광호가 앓는 소리를 냈으나 윤성호는 여전히 최강철을 잡아먹을 것처럼 쩨려보며 침을 튀겨댔다.

"그동안 나 없이 밥은 잘 처먹었냐. 난 이 자식아, 네가 없어서 그런지 며칠째 밥이 넘어가지 않더라."

"관장님이 해주는 밥보다 우리 엄마가 해주는 밥이 더 좋죠. 얼굴 봐요. 피둥피둥 살이 올랐잖아요."

"그런 자식이 왜 맨날 체육관에 와서 처먹었어!"

"그거야, 당연히… 공짜니까 그랬죠."

*　　　　*　　　　*

한국의 아마추어 복싱은 아시아에서 최강이었다.

플라이급부터 주니어 웰터급까지 경량급과 가운데 중 자를 쓰는 중량급은 아시아에서 한국을 상대할 팀이 없었다.

그러나 무거운 체급인 중량급부터는 상황이 판이하게 달라진다.

웰터급은 일본의 히로키에게 막혀 연일 고전을 면치 못했고 그 위 체급인 미들급부터는 국제 대회에서 성적이 좋지 못했다.

윤성호가 방문을 열고 들어선 것은 오늘 있을 경기를 위해 출발 준비를 하고 있을 때였다.

"잠 잘 잤냐?"

"푹 잤어요. 시험이 끝난 다음 바로 장거리 여행을 해서 그런가 정신없이 잤습니다."

"잘했다. 오늘 상대할 놈은 필리핀 애야. 하도 이름이 이상해서 외우지도 못하겠던데 성적은 별로였어. 간단하게 잡아낼 수 있을 거다."

"예선에서 경계해야 할 선수가 있던가요?"

"우리 쪽에서는 태국의 무앙수린이 있다. 그놈이 작년 킹스컵에서 우승했는데 펀치가 꽤 좋다고 알려졌더구만."

"히로키는요?"

"히로키는 반대쪽에서 올라온다. 네가 무앙수린만 꺾으면 결승전에서 만날 것 같아."

"좋네요?"

"뭐가?"

"그림이 좋잖아요. 예선에서 만나는 것보다 결승전에서 만나야 흥행이 되죠."

"인마, 네가 프로냐. 흥행 따지게?"

"아마든 프로든 결정적인 순간 화끈하게 성적을 내줘야 사람들이 기억하게 됩니다. 그러니까 히로키는 결승에서 마주치는 게 좋아요."

"음흉한 놈."

"하하… 똑똑한 거죠."

"하여간 조심해야 해. 히로키 그 자식이 봄에 있었던 월드컵에서 우승했다고."

"알아요. 범 없는 곳에서 토끼가 날뛴 것뿐입니다. 관장님, 혹시 세계 선수권하고 월드컵을 똑같은 수준으로 보는 건 아니죠?"

"그럴 리가 있나. 월드컵을 어떻게 세계 선수권하고 비교를 해. 그건 대륙 간 경기잖아. 대충 선수들 모아서 출전시키는 대회를 올림픽에 버금가는 세계 선수권과 비교할 수는 없지."

"그러니까 말이죠."

"그래도 인마, 최선을 다해야 해. 히로키 그 자식은 만만한

놈이 아니야. 오죽하면 한국 킬러라고 불리겠냐. 유 사무장은
그놈 잡아보는 게 소원이라고 하더라. 그 사람 소원을 풀어주
기 위해서라도 반드시 잡아야 해.”

아시안게임에서 복싱은 예선을 포함해서 3일 동안 벌어진
다.
준결승까지는 이틀 동안 끝내고 결승은 전 체급이 하루 만
에 결판내는 방식이었다.
최강철은 3번의 경기를 KO로 장식하며 준결승에 올랐다.
폭풍 같은 전진.
수준이 떨어지는 아시아권 선수들은 최강철의 폭발적인 인
파이팅을 견디지 못하고 픽픽 나가떨어졌는데 전부 2회전을
넘기지 못했다.
예상대로 준결승 상대는 태국의 무앙수린이었다.
그 역시 압도적인 경기력을 선보이며 준결승에 진출했다.
태국 언론은 그가 킹스컵에서 우승한 전력을 떠들며 최강
철을 충분히 이길 수 있다고 호언장담하고 있었다.
그러나 더 방방 뜨고 있는 건 일본 언론들이었다.
일본 언론은 히로키가 3연속 RSC로 상대를 압도하며 준결
승에 진출하자 이번 아시안게임에서 복싱의 영웅으로 군림할
것이라는 걸 의심치 않았다.

비록 한국에 최강철이란 강자가 있어도 히로키에게는 안 된다는 게 그들의 주장이었다.

워낙 한국 선수들에게 강했기 때문인데 예선전에서 보여준 것처럼 월드컵 우승 후 기량이 한층 발전되었다는 것이다.

한국 언론은 그들의 반응을 보면서 웃었다.

놈들은 최강철을 제대로 모르고 있다. 지금까지 히로키에게 당해왔으나 이번만큼은 다르다.

최강철은 한국의 웰터급 역사상 독보적인 존재였고 차기 세계 챔피언으로 거론되던 마크 브릴랜드까지 쓰러뜨렸으니 객관적인 전력 면에서 봤을 때 히로키는 상대가 되지 않는다.

*   *   *

"이봐, 김 상, 자네 나라에서는 최강철의 인기가 꽤 높다면서?"

"히로키보다 훨씬 높지."

"에헤, 무슨 말이야. 히로키는 겐죠의 뒤를 이어 동양 챔피언이 확실시되는 친구라고. 비교할 걸 비교해. 일본에서는 히로키를 모르는 사람이 없어. 일각에서는 현 동양 챔피언 겐죠보다 더 인기가 있다니까."

동경신문의 마에다가 이제 막 링에 오르는 히로키를 바라보며 자랑스럽게 말했다.

그는 항상 한국 선수를 박살 내온 히로키의 절대적인 팬이
자 응원군이었다.

하지만 스포츠서울의 김도환은 그의 표정을 바라보며 가소
롭게 웃었을 뿐이다.

마에다와 김도환은 둘 다 복싱 전문 기자라 국제 대회가
있을 때마다 부딪쳐 온 사이였다.

비록 그가 일본인이었지만 워낙 자주 만났고 성격도 괜찮
아서 몇 차례 식사와 술자리를 같이했기 때문에 지금 와서는
친구처럼 지내는 사이였다.

히로키는 링에 올라 자신 있게 손을 번쩍 치켜들고 있는 중
이었다.

저 자식, 한국 웰터급에게는 저승사자와 같은 놈이었다. 오
죽하면 전 국가 대표였던 마현석은 히로키를 한 번만 이길 수
있다면 죽어도 여한이 없다고 했을까.

마에다와 일본 언론은 아마추어 복싱 대회가 있을 때마다
히로키만 다뤘다.

다른 체급은 팡팡 나가떨어졌으나 한국 선수들을 박살 내
며 우승을 차지하는 히로키를 한껏 치켜세워 한국에 대한 상
대적 박탈감을 해소했다.

"김 상, 자네가 봤을 때 최강철과 히로키가 붙으면 누가 이

길 것 같나?"

"당연한 걸 왜 물어봐."

이 자식이 또 성질을 건드린다.

다른 때는 언제나 상냥하고 예의 바르게 행동하면서 꼭 이 럴 때면 자신의 속을 박박 긁어왔다.

여러 번 같은 경험을 하면서 내기를 걸었다가 오천 원이나 잃었다.

대회 때마다 천 원씩 걸었으니 그동안 한국 선수들이 히로 키에게 다섯 번이나 졌다는 뜻이다.

"이번에도 할까?"

"해. 대신 오늘은 그동안 잃었던 거 전부 복구해야겠다. 오 천 원 걸어."

"좋지. 나도 자네 돈을 따먹을 때마다 부담이 됐다구. 하지 만 아무리 생각해도 또 미안해질 것 같아. 그러면 어쩌지? 오 천 원이면 꽤 큰돈인데 말이야."

"지랄 옆차기 하고 있네."

"경험과 전통은 쉽게 바뀌는 게 아니야. 히로키는 유독 한 국 복서들에게 강하기 때문에 이번에도 결과는 변하지 않을 거라고."

"이 자식아, 오천 원 말고 만 원으로 해. 네 말대로 정말 그 렇게 되는지 두고 보자."

"하하하… 화내지 말라구. 자넨 준결승부터 걱정해야 되는데 벌써 화내면 어떻게 하나. 최강철은 태국의 무앙수린부터 이겨야 해. 내가 알기로 무앙수린이 우승하면 태국 국왕이 엄청난 포상금을 준다고 들었어. 그러니까 최강철은 죽기 살기로 싸워야 할 거야. 왜냐하면 무앙수린이 죽기 살기로 싸울 거니까."

*　　　　　*　　　　　*

최강철은 히로키가 결승에 올랐다는 소리를 듣고 피식 웃었다.

준결승에서도 RSC로 끝냈으니 벌써 4연속 RSC승이다. 그만큼 일방적인 경기를 펼쳐왔다는 뜻이었다.

유광호는 그의 경기를 관전한 후 헐레벌떡 라커룸으로 들어와 입에서 게거품을 흘려냈다.

"아, 그 쌍놈의 새끼. 어째 예전보다 훨씬 세졌냐. 어이구, 미치겠네."

"왜요?"

"상대한 놈이 한 대도 맞히지 못했어. 병신처럼 껄떡거리기만 하다가 일방적으로 얻어맞고 3번이나 쓰러졌다니까. 그 새끼, 아무래도 펀치력이 좋아진 것 같아."

"그만하세요. 강철이 지금 경기 출전하려고 준비하는 거 안 보여요?"

유광호가 계속해서 히로키 이야기를 하자 윤성호가 눈살을 찌푸렸다.

무슨 뜻이고 무슨 마음 때문에 이런 이야기를 하는지 충분히 알지만 준결승을 치르기 위해 출전하는 선수에게 할 말이 아니었던 것이다.

윤성호의 통박에 유광호의 입이 순식간에 닫혔다. 열이 받아 두서없이 떠들다가 자신의 실수를 알아챘기 때문이다.

그런 그를 향해 최강철이 빙그레 웃어주었다.

"사무장님, 진정하시고 경기나 지켜보세요. 사무장님 한은 제가 내일 예쁘게 풀어드릴게요."

"하이고, 그래야지. 당연히 그래야지. 강철아, 준결승 일찍 끝내고 내려와라. 내가 저녁에 너 좋아하는 불고기 준비해 놓을게."

링을 향해 다가가자 수많은 관중이 몰려 있는 게 보였다.

대부분 인도 관중들이었지만 복싱을 응원하기 위해 한국 선수단이 대거 모습을 드러냈다.

이미 경기를 끝냈거나 앞두고 있는 선수들이었는데 그중에는 이문영도 체조 선수들과 자리를 함께하고 있었다.

최강철이 나타나자 이문영이 소리를 바락바락 지르며 손을 흔드는 게 보였다.

저런 철부지 같으니라고.

링으로 걸어 들어가며 최강철이 입맛을 다셨다.

멀리 한국에서 날아와 자신의 경기를 중계방송하기 위해 자리 잡고 있는 방송국 직원들도 보였다.

방송국에게는 복싱이 효자 종목이다.

준결승에 진출한 선수가 벌써 8명이나 되었기 때문에 그들은 오늘 하루 종일 복싱 중계만 하고 있었다.

국가 대표 복싱 감독을 맡고 있는 최철환이 먼저 걸어 들어갔고 그 뒤를 따라 윤성호와 최강철이 링에 도착하는 순간 커다란 함성 소리가 터져 나왔다.

최강철의 이름을 연호하는 사람들의 숫자는 의외로 많았다.

선수단은 물론이고 인도에서 활동하는 상사원들과 교민들까지 왔기 때문에 그 숫자가 100명이 훌쩍 넘었다.

링에 올라 기다리자 맞은편 코너에서 무앙수린이 나타났다.

놈의 얼굴을 보는 순간 기분 나쁜 예감이 들었다.

무앙수린의 얼굴에 담겨 있는 비릿한 미소. 예감이 좋지 않다.

그럼에도 최강철은 고개를 좌우로 흔들며 목을 풀고, 팔과 다리를 쭉쭉 뻗어 몸을 이완시켰다.

예감은 좋지 않았으나 그렇다고 무앙수린에게서 이상한 점을 발견하지는 못했다.

"강철아, 처음 붙는 놈이니까 사이드로 돌면서 천천히 하자. 저 새끼 왜 자꾸 웃는 거야. 기분 나쁘게시리."

"원래 태국 사람들은 저렇게 웃습니까?"

"그걸 내가 어떻게 알아? 넌 꼭 어려운 것만 묻더라."

"관장님은 만능이잖아요. 요리도 잘하고."

"이 자식아, 농담하면서 긴장을 푸는 건 좋은데 내 속은 긁지 마라. 이젠 다시는 너 밥 안 줘!"

"에이, 왜 이러세요, 사내대장부가. 관장님은 너무 잘 삐지는 게 단점이야."

"꼭 명심해. 서둘지 말고 천천히 하라고."

"알았습니다."

심판이 부르는 걸 본 최강철이 순순히 대답하고 링 중앙으로 나갔다.

윤성호의 말은 타당하다.

준결승까지 올라왔으니 그만큼 실력이 있다는 뜻이고 섣불리 상대했다가는 자칫 망신을 당할 수도 있었다.

복싱이란 경기는 언제나 변수가 존재하는 법이니까.

그리고 나는 야수다.

야수는 먹이를 사냥할 때 덥석 물지 않고 끊임없이 기다렸다가 결정적 순간에 목덜미를 뜯어버린다.

그렇다고 해서 대충 한다는 뜻이 아니다. 링은 내가… 지배하는 곳이기 때문이다.

쉬익!

경기가 시작되자 최강철은 스텝을 이용해서 오른쪽으로 돌며 레프트 잽을 던졌다.

화살처럼 빠르게 날아간 레프트 잽이 가드를 바짝 올린 무앙수린의 글러브를 젖혔다가 돌아왔다.

무앙수린은 왼손잡이였는데 가딩이 매우 좋았다.

연속되는 레프트 잽에 이어 라이트스트레이트가 강하게 꽂히며 접근해 오는 무앙수린을 밀어냈다.

1라운드에서는 간만 본다. 어떤 작전을 가지고 나왔는지 확인하고 나서 죽일 생각이다.

무앙수린은 빠르지 않았으나 불곰처럼 우직하게 파고들며 펀치를 날려 왔다.

상대를 몰아넣는 기술이 뛰어났다. 스텝은 빠르지 않았지만 교묘하게 상대의 움직임을 차단하는 방향 선회와 압박이 훌륭했다.

그럼에도 최강철은 그의 압박을 풀어내며 점수를 차근차근

쌓아갔다.

비록 탐색전을 펼치기 위해 전력을 다하지 않았으나 무앙수린 정도의 스피드라면 아웃복싱만으로도 충분히 때려잡을 수 있을 것 같았다.

문제가 생긴 것은 1라운드를 30초 정도 남겼을 때였다.

천천히 압박 전술을 펼치던 무앙수린의 스텝이 갑자기 빨라지며 뒤로 빠지는 최강철의 얼굴을 향해 강력한 레프트 훅이 날아왔다.

너무 갑작스럽게 생긴 일이었으나 반사 신경을 이용해 더킹으로 피했다.

하지만 무앙수린은 기다렸다는 듯 그의 몸을 링 줄로 밀며 대시해 왔다.

강하고 무자비한 연타가 쉴 새 없이 날아왔다.

놈은 이 순간을 위해 지금까지 발톱을 숨긴 채 기다리고 있었던 모양이다.

균형을 잃은 상태였으나 방어 기술을 가동해서 펀치를 피하고 링의 반동을 이용하며 사이드로 빠져나오는 순간 눈앞이 번쩍했다.

분명히 펀치는 다 피했는데 뭔가가 자신의 눈에 충격을 준 것 같았다.

심판이 급하게 다가와 무앙수린을 떼냈지만 정신을 차렸을 때는 이미 눈가에서 피가 주르륵 흘러내리고 있었다.

고의적이다. 놈은 자신의 빠른 발을 잡기 위해 펀치가 전부 빗나가자 근접해 있던 자신의 눈을 머리로 박은 것이 분명했다.

하아, 이 씨발 놈 봐라.

최강철의 눈이 싸늘하게 식었다.

무앙수린은 주의를 주는 심판에게 고의가 아니었다며 어깨를 으쓱대고 있었으나 눈가에는 그 기분 나쁜 미소가 슬금슬금 새어 나오고 있었다.

"야, 심판. 반칙이잖아. 씨발, 네 눈은 동태 눈깔이냐? 머리로 박았잖아, 저 개새끼가!"

피를 흘리며 코너로 돌아오자 윤성호가 방방 뜨면서 금방이라도 무앙수린을 때려죽일 것처럼 뛰어나왔다.

그런 그를 최강철이 말렸다.

여기서 흥분을 참지 못하고 일을 벌이면 당한 건 자신인데 오히려 손해를 볼 수도 있었다.

상처는 제법 컸다.

정면에서 들이박았기 때문에 뼈 있는 부분이 1㎝나 찢어졌다.

링 닥터가 급히 올라와 응급치료로 바셀린을 왕창 바른 후에야 겨우 피가 멈췄다.

하지만 격렬한 경기를 하게 된다면 피는 다시 흐를 것이다.

그럼에도 최강철은 다가와 괜찮냐고 묻는 심판에게 전혀 아무런 문제가 없다며 시합을 재개하자는 신호를 보냈다.

1라운드의 남은 시간은 불과 10초였으나 무앙수린은 그 특유의 기분 나쁜 미소를 지은 채 미친 듯이 달려들었다.

같이 웃어주었다.

미친 소를 다루듯 피하면서 10초를 보내고 라운드가 끝나는 공이 울리자 코너로 돌아왔다.

"괜찮겠어?"

"문제없습니다. 관장님, 제가 흘린 피 얼마나 됩니까?"

"이 자식아, 그건 왜 물어?"

"돌려받아야죠. 저 새끼 피로 말입니다."

"아우, 열받아. 어쩐지 미친놈처럼 실실 웃는 게 기분 나빴어. 저 씨발 놈, 아주 작정하고 나온 것 같아."

"크크크……."

최강철이 윤성호의 울분을 들으며 기괴한 웃음을 흘려냈다.

재밌어서 웃는 게 아니다.

그 웃음 속에 담긴 것은 잔인함과 차가운 심장에서 뿜어내는 한기가 잔뜩 담겨 있는 것이었다.

2라운드.

공이 울리자 최강철은 1분간의 휴식으로 눈 상처를 조금 더 옭아맨 후 천천히 링 중앙으로 걸어 나갔다.

맞은편에 다가온 무앙수린의 얼굴은 자신감으로 가득 차 있었다.

원하는 바를 성공했으니 지금부터 천천히 상처 입은 맹수를 사냥하겠다는 생각인 것 같았다.

최강철은 차갑게 가라앉은 눈으로 그런 놈의 눈을 바라봤다.

너… 아직 내가 어떤 놈인지 모르지.

지금부터 보여줄게, 네가 한 짓이 얼마나 어리석고 바보 같은 짓이었는지를 말이야.

최강철은 미친 멧돼지처럼 접근전을 펼쳐오는 무앙수린의 안면을 향해 빛살 같은 레프트 잽을 던진 후 곧장 좌우 스트레이트 콤비네이션을 폭발시켰다.

뒤로 물러서지 않은 채 번개처럼 터뜨린 펀치 세례였다.

예상과 달리 물러서지 않고 반격한 펀치들로 인해 무앙수린의 신형이 휘청거렸다.

최강철은 멈칫하며 전진을 멈춘 무앙수린의 양쪽 옆구리를 보디로 때린 후 예리하게 어퍼컷을 올려쳤다.

보디를 먼저 때린 것은 안면을 비워놓게 만들기 위함이다.

자신의 생각대로 게임을 만들어가기 위해서는 놈의 안면 가딩을 무너뜨릴 필요성이 있었다.

지속적인 복부 공격.

최강철은 빠른 스텝을 이용해서 눈부시게 빠른 펀치들을 무앙수린의 양쪽 옆구리에 꽂아 넣었다.

격렬하게 움직이며 펀치가 교환되자 또다시 눈에서 피가 슬금슬금 새어 나오기 시작했다.

그러나 최강철은 눈을 파고드는 피를 닦지 않은 채 멧돼지를 사냥하는 것처럼 화살같이 예리한 펀치들을 무앙수린의 옆구리에 집중시켰다.

드디어 견디지 못하고 무앙수린의 가드가 옆구리로 내려오는 게 보였다.

그걸 보면서 최강철의 입꼬리가 올라갔다.

놈은 이제 펀치를 내미는 시늉만 해도 옆구리를 막기 위해 팔꿈치가 저절로 내려가고 있었다.

쐐액!

옆구리를 때릴 것처럼 빠져나왔던 라이트 훅이 놈의 면상을 훑었다.

하지만 각도를 조금 비틀었기 때문에 정타로 맞지 않고 긁어내리 듯 무앙수린의 얼굴을 치고 빠져나왔다.

실수라고?

아니다, 일부러 그런 거다.

커팅을 만들기 위해 고의로 만들어낸 각도로 때린 펀치였다.

커팅 펀치.

충격은 반으로 줄겠지만 안면의 상태가 정타로 맞을 때보다 훨씬 대미지를 크게 받는 펀치 기법이었다.

무앙수린은 최강철의 펀치가 연이어 자신의 얼굴을 칼로 찢어내듯 스치고 지나가자 성난 황소처럼 밀고 들어왔다.

정타로 맞아서 충격을 받은 것보다 이런 펀치가 더 후유증이 크다는 것을 알기 때문이었다.

이미 그의 얼굴은 최강철의 펀치로 인해 표피가 붉게 물들어가고 있었다.

최강철은 그의 펀치가 쏟아져 나올 때마다 1년 동안 미친 듯이 연마했던 패링을 이용한 크로스 카운터와 더블펀치를 전광석화처럼 터뜨렸다.

칼날처럼 예리하고 송곳처럼 날카로운 최강철의 펀치는 무앙수린의 안면을 철저하게 유린했는데 2라운드 중반이 지나면서부터는 피멍이 들기 시작하더니 결국 코에서 붉은 피가 새어 나오기 시작했다.

혈투다.

최강철의 눈에서 흐르는 피와 무앙수린이 코로 뿜어낸 피가 접근전을 펼칠 때마다 하얀 캔버스를 붉게 물들였다.

이미 무앙수린의 얼굴에는 습관처럼 자리 잡고 있었던 웃음기가 완전히 사라져 있었다.

팡, 파앙, 팡… 팡… 팡!

2라운드가 끝날 때쯤 최강철의 주먹이 불을 뿜었다.

돌진해 온 무앙수린의 펀치들을 위빙과 더킹으로 피한 후 전매특허인 콤비네이션이 터진 것이다.

하지만 10발의 펀치들은 정타가 아니라 전부 커팅 펀치들이었다.

맞는 순간 너클 부분의 각도를 틀어버리는 커팅 펀치들이 얼굴을 난자하자 결국 무앙수린의 눈썹이 계속 쌓여온 피로를 이기지 못하고 길게 찢겨 나갔다.

당장은 피가 뿜어져 나오지 않는다.

그러나 시간이 지나면 지날수록 상처가 벌어지면서 독약을 마신 것처럼 서서히 죽어갈 것이다.

2라운드를 끝내고 돌아오자 윤성호의 손이 바쁘게 움직였다.

눈에서 흘러나온 피가 많아졌기 때문에 빠르게 치료할 필요성이 있었다.

부들부들 떨린다.

지금까지 36번을 싸워왔으나 이렇게 커다란 부상을 입은 건 처음이었다.

"인마, 상처가 자꾸 커지잖아. 빨리 끝내고 치료받자!"

"안 됩니다. 끝을 봐야죠."

"무슨 소리야!"

"죽일 겁니다. 내게 비열한 짓을 했으니 혹독하게 피의 대가를 치르도록 만들 겁니다."

"우와, 이 미친놈……."

최강철의 눈을 본 윤성호가 질렸다는 표정을 만들었다.

평소에는 유순했고 착한 동생처럼 행동하지만 이럴 때마다 이놈은 야수로 변한다.

하지만 윤성호는 더 이상 그에게 아무 말도 하지 않았다.

그래, 맞다.

전사는 그래야지. 지옥의 링에서 살아남기 위해서는 지독하리만치 차가운 냉정함과 복수심이 있어야 한다.

그리고 그 역시 이대로 간단하게 끝내고 싶은 마음이 없었다.

"하여간, 더 맞지 마. 눈탱이 더 찢어지면 내일 경기 못 해!"

"걱정하지 마세요. 그런 일은 없을 겁니다."

3라운드 공이 울리자 최강철의 스타일이 다시 바뀌었다.

치열하게 접근전을 펼치며 무앙수린을 압박하던 전술을 바꾸고 완벽한 아웃복싱으로 전환시켰다.

빠르게 움직이는 스텝.

마치 춤을 추듯 흔들어대는 그의 스텝을 따라 무앙수린이 움직였으나 스피드에서 상대가 되지 않았기 때문에 거리가 좁혀지지 않았다.

최강철은 자신이 확보해 놓은 거리에서 펀치를 뿜어냈다.

적의 반격을 무력화시켜 놓고 원거리 공격을 통해 야금야금 침몰시키는 작전이었다.

상처 때문이다.

무앙수린의 기를 눌러놓기 위해 2라운드에서는 인파이팅을 펼쳤으나 더 이상 상처가 커지면 윤성호의 말대로 결승전에 지장을 주게 된다.

최강철은 더 이상 커팅 펀치를 구사하지 않았다.

이미 무앙수린의 안면은 칼로 긁어놓은 것처럼 엉망으로 변했기 때문에 정타가 들어가도 결과는 크게 다르지 않을 것이기 때문이었다.

쉬익, 쉬익.

방울뱀이 우는 소리처럼 소름 끼치는 파공음이 최강철의 레프트 잽에서 거침없이 터져 나왔다.

무앙수린의 펀치를 사전에 차단하기 위한 것도 있지만 그 자체만으로도 파괴적인 공격 수단이었다.

스트레이트에 가까운 레프트 잽이 접근해 오는 무앙수린의 안면을 교란시키면 여지없이 그 뒤를 따라 스트레이트와 양 훅이 조화를 이루는 강력한 콤비네이션이 터졌다.

비틀비틀.

3라운드에 들어 거리를 줄이지 못한 무앙수린은 10여 차례에 달하는 최강철의 파워 있는 콤비네이션 공격에 속수무책으로 당했다.

그의 얼굴은 피 범벅으로 변해 있었다.

아마추어 경기에서 쉽게 볼 수 없는 장면이었는데 커팅 펀치에 당한 그의 얼굴은 전체가 피멍으로 가득 찬 상태였다.

최강철은 균형이 무너진 상태에서 흔들거리는 무앙수린을 집요하게 괴롭히며 시간을 끌고 나갔다.

기다린다.

차갑게 가라앉은 눈은 상대의 목덜미를 뜯어버리기 위해 마지막 순간을 기다리고 있었다.

무앙수린이 발악을 시작한 것은 라운드가 중반을 지나고 있을 때였다.

이대로 계속 경기가 진행되면 결국 지게 될 것이란 판단이 서자 그는 온 힘을 다해 최강철의 품을 향해 뛰어들었다.

국왕께서는 자신에게 이번 대회에서 우승하면 커다란 상금을 내리겠다는 약속을 했다.

찢어지도록 가난했던 삶.

부모는 7명의 동생을 돌보지 못했기에 모든 것은 자신의 몫으로 돌아왔다.

배고프다며 울부짖는 동생들을 먹이기 위해 하루 종일 바닷가를 헤매며 물고기를 잡아야 했다.

나는 이겨야 한다. 이겨서 거머리처럼 달라붙어 있는 가난과 고통의 사슬을 끊어내야만 한다.

내가 싸우는 것은 오로지 살아남기 위함이다.

무앙수린은 화살처럼 날아온 최강철의 레프트 잽을 고스란히 얼굴로 받아내고 참고 또 참으며 숨겼던 자신의 양 훅을 놈의 옆구리에 집중시켰다.

상대는 눈이 찢어졌기 때문에 본능적으로 얼굴을 보호할 가능성이 컸다.

강하다는 것을 알기에 치사하지만 버팅 작전을 구사했다.

놈에게 치명적인 상처를 입힌 후 승부를 본다면 이길 수 있다는 생각을 했기 때문이다.

하지만 경기는 자신의 생각대로 진행되지 않았다.

고의로 버팅해서 눈은 찢어놨으나 그것이 오히려 놈을 분노하게 만든 것 같았다.

치사하고 야비한 전술이었으나 양심의 가책은 받지 않았다.

살기 위해 싸우는 전사는 목숨을 거는 법이었으니 이길 수만 있다면 이빨로라도 물어뜯을 의향이 있었다.

워낙 빠른 스피드를 가진 놈이었다. 얼마나 빠른지 자신의 무딘 두 발로는 도저히 따라잡을 수 없을 정도였다.

더군다나 예리한 레프트 잽은 맞을수록 두려울 정도로 강해서 얼굴에 닿을 때마다 고개가 뒤로 젖혀졌고 그 뒤를 이어 터지는 콤비네이션은 그야말로 정신이 얼얼할 정도의 충격을 주었다.

이런 놈을 이길 수 있을 거라 생각한 것이 우스워졌다.

최강철은 자신이 상대할 수 있는 놈이 아니었다.

눈에서 뿜어져 나오는 투지, 그리고 지독한 냉정함과 분노를 억누르며 상황을 주시하는 침착함, 자신의 단점을 완벽하게 파악하고 야금야금 뼈를 발라내는 잔인함까지 모두 갖췄으니 이놈은 진짜 복서다.

그러나 한 가지가 부족한 것 같다.

바로 야수의 본능.

지금까지의 경기는 보지 못했으나 이번 시합을 하면서 느낀 것은 최강철이 자신처럼 근성 있는 자에게는 완벽한 피니쉬를 가하지 못한다는 것이었다.

그렇기에 마지막 희망을 가진다.

이번 한 번의 기회로 마지막 승부를 불꽃처럼 펼칠 생각이었다.

최강철은 무앙수린이 품으로 파고들며 강력한 양 훅을 던
지자 가딩으로 얼굴을 차단한 후 지체 없이 어퍼컷을 올려쳤
다.

기다린 순간이다.

상대의 피범벅이 된 얼굴을 확인했지만 그의 시선은 차갑
게 가라앉아 있을 뿐이었다.

승부라는 것. 분노로 인해 상대를 엉망진창으로 만들었지
만 이제는 끝내야 할 때였고 자신은 이 순간을 기다려 왔다.

예리하게 구십 도로 치고 올라간 어퍼컷이 무앙수린의 턱
을 가격하고 빠져나오는 순간 최강철의 어깨가 전진하며 상대
의 몸을 밀쳤다.

그러고는 곧바로 사이드스텝을 밟으며 무앙수린의 신형을
로프 쪽으로 돌렸다.

경기가 진행될수록 웃음기가 사라진 무앙수린의 얼굴에서
깊은 고독과 슬픔을 느꼈다.

당신은 왜 그리 슬픈 눈을 가지고 있는가.

처음처럼 비릿한 미소로 나를 바라봤다면 내가 던지는 이
펀치가 조금은 덜 미안했겠지.

미안, 무앙수린.

번개처럼 터지는 활화산 같은 공격.

아웃복싱을 던져 버리고 정체를 드러낸 최강철의 폭풍 같은 연타가 무앙수린의 안면에 무차별적으로 꽂혔다.

경악에 빠져든 관중들의 함성은 그의 펀치 샤워를 감당하지 못했다.

당신이 전사고 불꽃같은 승부를 원했다면 이것으로 끝을 내주마.

이것이 바로 내가 당신에게 주는 배려이자 마지막 선물이다.

*　　　　　*　　　　　*

스포츠서울의 김도환은 무앙수린의 버팅에 의해 최강철의 눈썹이 찢어지며 피를 철철 흘리자 열이 올라 발을 굴러댔다.

미친놈처럼 소리를 지르며 반칙패를 외쳤으나 심판이란 작자가 경기를 속개시키는 걸 확인했을 때는 주먹까지 치켜들었다.

그러나 최강철이 무앙수린을 처절하게 응징하는 장면을 보면서 솟아난 소름 때문에 온몸을 마구 문질러야 했다.

정말 무서우리만치 처절하고 집요한 응징이었다.

자신은 수많은 복싱 경기를 봤지만 3라운드만에 이 정도로 상대의 얼굴을 피 떡으로 만들어 버리는 선수는 처음 봤다.

"정말, 대단하구만."

"봤냐, 저게 최강철이다."

입을 떠억 벌린 채 정신없이 시합을 관전하던 마에다가 자신도 모르게 감탄사를 흘려내자 김도환이 자랑스럽게 말을 받았다.

하지만 마에다는 여전히 링에 시선을 둔 채 자신의 생각을 이어나갈 뿐이었다.

링에서는 최강철이 두 손을 번쩍 든 채 환호하는 관중들에게 인사하고 있는 중이었다.

"마치 펀치가 면도날처럼 예리해. 내가 봤을 때 저놈은 더 일찍 경기를 끝낼 수 있었을 거야. 그런데도 끝까지 참는구만. 물론 그 이면에는 저놈 심성에 담겨 있는 잔인함도 있었겠지."

"말이 이상하네. 너희들은 복수와 응징을 잔인함으로 표현하나?"

"흥분하지 말라고. 응징을 하는 건 좋아. 그래도 저건 아니지. 일부러 상대를 쓰러뜨리지 않은 채 얼굴을 피 떡으로 만드는 건 잔인한 짓이야. 우리 일본 선수였다면 무사도 정신으로 단칼에 쓰러뜨렸을 거야."

"하아, 이 자식이 또 속을 슬슬 긁네. 그래서 지진 났을 때 수만 명을 단칼에 때려 죽였냐? 아무 잘못도 없는 사람들을!"

"그건 과거라고. 그리고 복싱도 아니지. 관동대지진 사건은 일부 정치인들이 자신들의 안위를 위해서 벌인 짓일 뿐이야. 일본 전체 국민성과는 무관해."

"지랄하고 자빠졌네. 너흰 그게 문제야. 항상 좆 같은 변명으로 일관하는 거."

김도환이 눈알을 부라렸다.

비록 복싱 전문 기자였지만 그 역시 지금 벌어지고 있는 일본 교과서 역사 왜곡 사건에 이를 갈고 있는 중이었다.

그동안의 친분이 없었다면 그는 마에다를 쳐다보지도 않았을 것이다.

마에다는 노련했다.

김도환이 싸늘한 눈으로 자신을 쳐다보자 빙긋 웃으며 화제를 돌렸다.

한국인들의 현재 정서가 어떤지 너무나 잘 알고 있었기에 그는 이런 주제로 더 이상 말씨름을 할 생각이 없는 것 같았다.

"그나저나 만 원이란 큰돈을 벌게 되었군."

"그건 또 뭔 개소리야?"

"저렇게 커다란 부상을 입었으니 결승전을 치르겠어? 설마 방금했던 우리 내기를 취소하겠다는 건 아니겠지?"

"싸우지도 않으면 내기는 당연히 취소되는 거잖아. 치사하게 부상당해서 경기를 못 했는데 돈을 내라는 거냐?"

"이긴 건 이긴 거니까. 저놈이 경기를 못 하면 히로키가 우
승하는데 내기가 취소되어야 할 이유가 있어?"

"이런 개새끼."

       *   *   *

최강철이 화끈하게 무앙수린을 KO로 때려잡고 내려오자 수
많은 사람이 달려왔다.

그의 상태가 걱정되었기 때문이다.

유광호는 가까이서 상처를 확인하고는 길고 긴 숨을 내뱉
으며 쌍욕을 마구 터뜨렸다.

상처가 생각보다 제법 커서 금방 치료될 상황이 아니었다.

"저 개새끼, 죽여 버렸어야 되는데. 아, 씨발, 미치겠네."

아쉬움이 가득 들어차 있는 얼굴은 분노와 흥분으로 인해
붉게 물들어 있었다.

"사무장님, 일단 라커룸으로 갑시다. 강철이 치료부터 해야
겠어요. 우리 팀 전담 의사 좀 불러줘요."

"알았어. 그런데 윤 코치, 얘 괜찮을까?"

"일단 의사 소견부터 들어봅시다."

길고 긴 여운.

관중들은 아직도 최강철이 보여준 경기의 여운에서 벗어나
치 못한 채 열기를 가라앉히지 못하고 있었다.

그런 열기를 피해 일행들은 라커룸으로 이동했다.

수많은 기자가 몰려들어 질문을 퍼부으며 사진을 찍었으나
지금은 인터뷰를 할 상황이 아니었다.

라커룸에 들어와 땀을 닦아내고 일행들과 잠시 기다리자
한국 대표단 전담 의사로 따라온 김기석 박사가 헐레벌떡 들
어오는 것이 보였다.

그는 숨을 고르지도 못한 채 최강철을 향해 다가왔는데 상
처를 본 후 꽤나 심각한 얼굴을 만들었다.

"이 사람아, 이 정도면 경기하지 말았어야지, 왜 그랬어. 자
네, 이번 시합만 뛰고 선수 그만둘 생각인가!"

"어떻습니까?"

"내일 경기는 어렵겠어. 찢어졌을 때 바로 시합을 중지했다
면 덜 했겠지만 펀치를 맞아서 그런가 많이 벌어졌구만. 일단
병원으로 가세. 가서 봉합 수술부터 받지."

"꿰맨다는 거죠?"

"당연하잖아. 빨리 수술해야 상처 자국이 남지 않아."

"수술하면 시합을 못 하는 거잖아요?"

"어허, 방금 내가 한 말 듣기나 한 거야? 자넨 내일 시합 못
한다고. 이런 몸으로 무슨 시합을 해!"

김기석 박사가 고함을 지르자 윤성호와 몰려 있던 사람들의 안색이 단박에 흐려졌다.

마치 사망 선고를 받은 얼굴들이었다.

특히 김동길과 문성길의 얼굴은 더없이 굳어졌는데 안타까움이 잔뜩 묻어 있었다.

다른 사람들은 몰라도 그들은 직접 링에 올라 싸우는 사람들이었으니 지금 최강철의 심정이 어떠할지 충분히 짐작할 수 있었다.

그랬기에 그들은 차마 최강철의 눈을 마주 보지 못했다.

그때 최강철의 입이 열렸다.

"눈 좀 찢어졌다고 죽지 않습니다. 박사님, 응급처치나 해 주세요. 저는 어떤 일이 있어도 내일 싸울 겁니다."

"말도 안 되는 소리 하지 마."

"박사님, 목숨 걸고 싸워본 적 없으시죠. 매일처럼 전쟁을 치르는 놈이 상처 좀 입었다고 도망가는 거 봤습니까!"

시합할 때는 몰랐는데 시간이 지나자 상처에서 통증이 생겨났다.

찢어진 살들이 아우성을 치면서 눈 주변이 부풀어 올랐다.

냉정하게 판단한다면 내일 시합을 포기하는 게 맞을지도 몰랐다. 하지만 그러고 싶지 않았다.

이 시합이 끝나면 이미 뉴델리에 날아와 있는 톰슨은 계약서를 꺼내 들 것이 분명했다.

프로의 몸값은 그 사람이 얼마나 값어치가 나가느냐에 따라 결정된다.

가치의 결정은 성적에 의해 좌우되고 자신은 그 성적을 바탕으로 당당하게 몸값을 요구할 생각이었다.

톰슨은 그림자처럼 숨어 자신의 경기를 지켜보고 있었을 것이다.

그는 장사꾼이다. 자신에게 커다란 기대감을 가지고 있을 테지만 조금만 빈틈을 보이면 여지없이 약점을 물어뜯을지 모른다.

더불어 히로키를 반드시 만나고 싶었다.

유광호의 간절한 소원과 국민들의 성원을 생각한다면 이대로 물러설 일이 아니었다.

"강철아, 사람이 찾아왔어… 톰슨이다."

"톰슨이 왔어요?"

"응, 너를 만나보고 싶다는데 어쩔래?"

"만나야죠. 어디 있습니까?"

"로비에."

"관장님도 같이 가실래요?"

"나는 가봤자 허수아빈데 뭐 하러 가. 그리고 애들 내일 시합 있잖아. 조금 이따 코치진끼리 회의가 있어."

"알았어요."

방을 나가는 윤성호의 등을 바라보며 최강철은 주섬주섬 옷을 꺼내 입었다.

역시 눈치가 빠른 사람이다.

자신의 말투에서 강한 의지가 담겨 있지 않다는 걸 듣자마자 그는 미련 없이 등을 돌렸다.

톰슨이 혹시 오늘 올지 모른다는 생각을 했지만 막상 왔다는 소리를 듣자 웃음이 새어 나왔다.

그가 온 것은 자신을 확인하기 위함일 것이다.

더불어 내일 경기의 가능 여부와 상처의 정도를 파악해서 상부에 보고할 생각이겠지.

천천히 로비로 내려가자 톰슨이 손을 드는 게 보였다.

여전히 만면에 웃음을 잔뜩 배어 문 그의 얼굴은 무슨 생각을 가졌는지 알 수가 없었다.

"미스터 최, 오늘 경기 잘 봤어."

"괜찮았습니까?"

"당연히. 언제 봐도 자네 경기는 관중들의 피를 끓게 만드는 마력이 있어. 나는 자네의 그런 점이 좋아."

"고맙군요. 그런데 어쩐 일로 오셨습니까?"

"부탁할 게 있어서 왔네."

"나한테요? 뭐죠?"

"내일 시합은 하지 말게. 내가 온 건 그것 때문이야. 나는 자네가 계약 때문에 무리해서 출전할까 봐 온 거야. 다시 말하지만 나는 이까짓 아시안게임 결승전 결과 따위는 중요하지 않아. 자네는 우리에게 보물이야. 이번 경기로 인해서 계약의 조건이 변하지 않을 걸세. 그러니 출전하지 말게."

"고마운 말씀이군요."

최강철이 웃으며 톰슨의 얼굴을 바라봤다.

눈은 마음의 창이라고 했다.

특히 복싱 선수들은 시합을 하면서 늘 상대의 눈을 바라보는데, 그가 생각하는 모든 것이 거기에 들어 있기 때문이었다.

톰슨의 눈은 진지했다. 그리고 이익을 추구하는 사업가답지 않게 진심을 담고 있었다.

그럼에도 최강철은 웃는 얼굴로 천천히 입을 열었다.

"하지만 나는 내일 시합에 출전할 겁니다. 전사는 불행한 내일을 두려워하지 않기 때문입니다. 그리고 나에겐 싸워야 할 이유가 또 있습니다."

"그게 뭔가?"

"자존심이죠. 나는 그동안 한국 선수들을 무차별적으로 때려눕힌 히로키를 꼭 만나야 합니다. 그래서 가르쳐 줄 생각입니다. 한국에 내가 있다는 것을 말입니다."

"음… 무슨 소린지 알겠네. 좋군, 아주 좋아."

톰슨이 웃었다.

최강철을 조사하면서 한일 관계에 대해 정확하게 알았고 히로키에 대한 것도 어느 정도 알기 때문이었다.

볼수록 마음에 든다.

이 정도 기량에 이 정도의 투지라면 최강철은 엄청난 사고를 쳐줄 것이다.

"지금 우리는 체육부의 고위 관계자들을 거의 다 포섭해 놓은 상태네. 자네의 병역 제한 조건은 금방 풀리게 될 거야."

"나만 한정된 겁니까?"

"그럴 리가 있나. 그렇지 않아도 국위 선양을 한 선수들에게 제약을 걸고 있는 규정이 문제가 있다는 걸 인식하고 있더구만. 우리는 거기에 슬쩍 불을 붙여줬을 뿐이야."

"다행이군요."

"계약은 어떻게 할 생각인가? 난 지금이라도 했으면 좋겠지만 자네 의견을 존중하겠네."

"병역 제약 조건이 해결되면 즉시 하죠. 하지만 미국으로 건너가는 건 내년 3월이나 되어야 합니다."

"왜?"

"대학교에 들어가야 하거든요. 입학을 해야 휴학계를 낼 수있으니 그때까지는 기다려야 할 겁니다."

　　　　　*　　　　　　*　　　　　　*

　히로키는 아마추어 복싱에 데뷔한 지 벌써 올해로 6년이
되었다.

　그동안 한국 선수와는 7번을 붙었는데 전부 이겼고 각종
국제 대회에서 우승한 전력도 여섯 차례나 된다.

　아마추어 전전 81전 3패 51KO승.

　그가 기록한 3패 중 2번은 데뷔 초에 당한 것이고 1번은 세
계 선수권대회에서 가르곤에게 패한 것이었다.

　다시 말해 아시아권에서는 무적을 자랑해 왔는데 이번 대
회가 끝나는 즉시 프로로 데뷔할 계획이었다.

　일본 복싱계에서는 그에게 거는 기대가 상당했다.

　겐죠가 최근 들어 WBC와 WBA 세계 랭킹에 들어갔지만
일본 복싱계에서는 펀치력과 기술력이 뛰어난 히로키에게 거
는 기대가 더 컸다.

　그랬기에 일본 신문은 지금 난리다.

　이번 대회에서 4연속 RSC승을 거두며 결승까지 진출했기
때문에 한국의 최강철을 꺾고 우승을 차지할 것이란 기사가
신문을 도배하고 있었다.

　히로키는 호텔에서 아침 식사를 먹은 후 여유 있게 커피를

마셨다.

깔끔한 얼굴.

지금까지 일방적으로 경기를 해왔기 때문에 얼굴에는 상처 하나 없었는데 눈매가 섬뜩할 정도로 예리했다.

커피를 마시던 그가 입을 연 것은 문이 열리며 코치인 다케시가 들어와 자신의 앞자리에 앉았을 때였다.

"그 새끼 어떻답니까?"

"눈이 꽤 찢어졌어. 병원에 갔다 왔다는데 호텔 방에 처박혀 있어서 현재 상태가 어떤지 알 수가 없어. 한국 놈들이 워낙 철저하게 입단속을 해서 정보가 안 나와."

"어제 보니까 1㎝ 이상 찢어진 것 같던데요?"

"대충 그 정도였어. 하지만 부상 입은 상태로 싸웠기 때문에 더 벌어졌을 거다."

"어려울까요?"

"내가 봤을 땐 그래. 그런 몸으로 나와봤자 선수 생명만 단축될 게 뻔한데 뭐 하러 나오겠나. 하긴, 또 모르지 한국 놈들은 또라이가 워낙 많아서 말이야."

"운이 좋은 놈입니다. 변명거리가 생겼으니 얼마나 좋겠습니까."

"무슨 소리냐?"

"출전하지 않으면 상처 때문이고 출전해서 져도 상처 때문이라고 그럴 것 아닙니까."

"얘기가 되는구만."

"그런 놈은 언제든지 박살 낼 수 있었는데 아쉽군요. 이번 기회에 아주 박살을 내놔야 더 이상 덤벼들 생각조차 하지 못할 텐데 말입니다."

"자신감이 좋구나."

"나는 예전의 히로키가 아닙니다. 프로로 전향하기 위해서 1년 전부터 맹훈련을 해왔어요. 야수가 되기 위해 철저히 준비해 왔기 때문에 최강철 정도는 아무것도 아닙니다. 우리 대일본이 얼마나 강한지 최강철을 꺾어서 보여주고 싶었는데 참 일이 더럽게 꼬여 버렸네요."

"크크크… 네가 이번에 그 자식을 꺾으면 영웅이 되었을 거다. 우리나라 국민들도 한국 놈들 못지않게 반한 감정이 커져 있거든. 그래도 기다려 봐. 혹시 알아 그놈이 출전할지. 출전만 하면 너에게는 커다란 기회가 될 수 있어."

"반병신이 된 놈을 때려눕히면 뭐 합니까."

"그래도 일단 이겨야지. 히로키, 그놈이 정신 나가서 출전한다면 무조건 이겨야 한다. 무슨 방법을 동원해서라도 말이야. 우리에겐 금메달이 필요해. 알았어?"

"걱정하지 마세요. 만약 링에 올라온다면 야금야금 박살을 내놓을 테니까요. 조선 놈의 피 맛은 어떨지 모르겠군요. 김치 냄새만 나지 않으면 좋을 텐데 말입니다."

*　　　　*　　　　*

오늘은 한국 복싱의 날이다.

플라이급의 허영모가 결승전에서 금메달의 포문을 연 후 문성길에 이어 김동길까지 무려 6개의 금메달을 쓸어 담았다.

유광호는 선수들이 금메달을 따고 돌아올 때마다 입이 함 지박만 하게 커져서 기쁨을 숨기지 못했다.

복싱 협회로서도 축제의 날이다. 아시안게임이 진행되는 동 안 한국 선수단이 기대 이하의 성적을 내고 있는 와중에 복싱 에서 금메달이 호박 넝쿨 쏟아지듯 터져 나오자, 체육부 관계 자는 물론이고 선수단을 이끌고 있는 임준현까지 직접 나와 유광호의 손을 흔들어대며 축하를 해줬다.

국내에 있던 복싱 협회장 남인구는 6개째 금메달 소식을 전하자 뛸 듯이 기뻐했는데 그런 와중에도 몇 개나 더 딸 수 있는지와 최강철의 출전 여부를 물어왔다.

사람의 욕심은 끝이 없다고 했지만 직접 상황에 마주한 사 람에게는 그것이 욕심이 아니라 현실이 된다.

유광호가 라커룸에 들어온 것은 최강철이 출전 준비를 마 친 후 가볍게 몸을 풀고 있을 때였다.

"강철아, 정말 괜찮겠냐?"

"걱정하지 마세요."

"너 이 자식, 혹시 나 때문에 억지로 나가는 건 아니지?"

"하하하… 당연한 말씀을 하시네요. 제가 사무장님 소원 풀어드린다고 했잖아요. 사무장님만 아니라면 뭐 하러 나가겠어요, 나가서 죽을지도 모르는데. 이번 경기는 무조건 사무장님 때문에 나가는 겁니다."

"아이고, 이 자식아. 제발 죽지 마라. 너 정말 그러다가 링에서 죽으면 난 평생을 괴로워하면서 살아야 돼!"

"걱정하지 마세요. 꼭 살아서 걸어 나올게요."

유광호가 빽 소리를 지르자 최강철이 부드러운 미소를 지었다.

그의 마음을 안다.

히로키를 꺾고 싶어 하면서도 최강철의 부상이 커질까 봐 노심초사하는 유광호의 얼굴엔 걱정이 잔뜩 담겨 있었다.

"강철아, 하다가 안 되면 그만해도 된다. 금메달은 충분히 땄으니 너는 걱정할 게 하나도 없어. 히로키를 이기고 싶어 한 건 사실이지만 너를 생각하는 내 걱정에 비하면 그건 아무것도 아니야. 그러니까 무리하지 마. 어렵다고 생각하면 그냥 돌아오란 말이야. 알겠니?"

　　　　　*　　　　　*　　　　　*

　어제까지만 해도 한국 선수단의 사기는 최악이었다.

　가장 인기 종목인 축구가 한창 감정이 안 좋아진 일본에게 패하며 예선에서 탈락했기 때문에 한국 선수단의 분위는 그 야말로 엉망진창이었다.

　체육부에서 파견 나온 이정형은 본국의 높은 양반들에게 박살이 났고 축구 협회에서는 당장 기어들어 오라며 분노를 터뜨렸기 때문에 축구 대표단은 경기가 끝나자마자 코를 땅바닥에 처박은 채 귀국길에 올랐다.

　최강철의 경기가 뜨거운 관심을 받고 있는 것도 그 때문이었다.

　복싱에서 유일하게 오늘 일본 선수와 붙는 것은 최강철뿐이었다.

　일본의 영웅 히로키와 결승에서 싸우는 최강철의 경기는 위성 중계를 통해 전국으로 생방송되는데, 한국 선수단은 물론이고 교포들까지 몰려 왔기 때문에 한일 응원단이 양쪽으로 갈려 팽팽한 응원전이 펼쳐지고 있었다.

　"정말 많이 왔네. 어제 축구할 때 구경 왔던 사람들이 다 여기로 몰려온 모양이구만."

　"그러게 말입니다. 그런데 윤 위원님, 최강철 괜찮을까요?"

"괜찮을 리가 없잖아. 그렇게 부상이 큰데 어떻게 괜찮겠어."

"어려울까요?"

"쉽지 않을 거야. 사람은 손가락만 베어도 쉽게 움직이지 못한다고. 하물며 눈썹이 저렇게 찢어졌는데 어떻겠어. 아마 지금쯤 최강철은 커다란 고통을 느끼고 있을 거야. 어제는 시합 도중이라 몰랐겠지만 지금은 창이 생겼을 테니까 고통 때문에 움직이기도 힘들 거야."

윤근모가 말하자 캐스터인 이종엽의 얼굴이 어두워졌다.

그들은 KBS에서 복싱 중계를 위해 파견 나온 사람들이었는데 아마추어 복싱은 물론이고 프로 복싱까지 전담으로 중계하는 사람들이었다.

벌써 3년이나 호흡을 맞춰오고 있기 때문에 그들은 눈만 봐도 무슨 생각을 하는지 대충 알 정도였다.

복싱 중계를 하면서 오늘 6개의 금메달이 무더기로 쏟아져 나왔지만, 조금 뒤에 벌어지는 최강철의 경기는 특별한 의미가 있었다.

바로 한일전이기 때문이다.

지금 고국에서 텔레비전을 시청하는 국민들은 한국의 에이스인 최강철이 일본의 히로키를 무너뜨리고 금메달을 따주기를 간절히 기다리고 있을 것이다.

"어쨌든 지켜봐야 되겠습니다만 걱정이네요. 형편없이 깨지면 차라리 출전 안 하는 게 좋을 텐데 말입니다."

"그러게 말이야. 나도 걱정일세."

"윤 위원님, 준비하시죠. 이제 시작해야 될 것 같습니다."

PD의 사인을 받은 이종엽이 먼저 마이크를 앞으로 끌어당기자 윤근모가 자세를 바로 하면서 정색을 했다.

아직 최강철이 모습을 드러내지 않았지만 링에는 이미 심판이 자리를 잡고 있었다.

"고국에 계신 시청자 여러분 많이 기다리셨습니다. 조금 후, 한국이 자랑하는 간판 스타 최강철 선수가 출전하는 웰터급 결승이 벌어질 예정입니다. 결승 상대는 일본의 영웅 히로키 선수입니다. 윤 위원님 히로키 선수에 대해서 간단하게 말씀해 주시죠."

"히로키 선수는 캐스터께서 말씀하신 것처럼 일본 아마추어 복싱에서는 영웅 대접을 받고 있는 선수죠. 지금까지의 전적을 보면 81전을 싸워 78번을 승리했습니다. 그중 51번을 KO로 이겼기 때문에 상당한 펀치력도 가지고 있습니다. 한국 선수와는 7번을 싸워 모두 이겼는데 5번을 KO로 잡았군요. 다시 말해 한국 킬러라고도 볼 수 있겠습니다."

"대단한 선수군요. 하지만 최강철 선수는 더 대단하지 않습니까?"

"그렇죠. 최강철 선수는 37전 전승에 36KO승을 기록하고 있습니다. 아마추어 복싱에서는 거의 기적에 가까운 KO율을 보여주고 있습니다. 객관적인 평가로 봤을 때 히로키는 최강철 선수의 상대가 될 수 없을 정도입니다."

"그런데 어제 안타까운 일이 생겼었죠. 바로 최강철 선수가 준결승에서 무앙수린의 버팅으로 인해 커다란 상처를 입었다는 것인데요. 정말 걱정되는 일입니다."

"제가 오늘 아침 최강철 선수를 만나봤는데 부상이 상당히 크더군요. 그 몸으로 출전한다는 게 불가능하다고 여겨질 정도였습니다. 최강철 선수가 투혼을 불사르며 오늘 출전을 강행했습니다만 상당히 어려운 경기가 될 거라고 생각합니다."

"말씀드리는 순간 최강철 선수가 먼저 출전하고 있습니다. 보이십니까. 자랑스러운 대한의 건아 최강철 선수가 입장하고 있습니다. 고국에 계신 시청자 여러분 응원해 주십시오. 커다란 상처를 입었음에도 최강철 선수는 불같은 투지로 금메달을 조국의 품에 안기기 위해 당당하게 들어오고 있습니다."

*   *   *

최강철은 폭탄처럼 터지는 관중들의 함성을 들으며 천천히 링을 향해 걸어갔다.

정말 많은 관중이었다.

그가 들어서자 뜨겁게 박수를 치면서 환영하는 사람들의 모습과 반대로 야유를 퍼붓는 사람들의 모습이 동시에 보였다.

바로 동쪽에 앉은 한국 측 응원단과 서쪽에 앉아 있는 일본 측 응원단이었다.

숫자는 비슷했으나 한국 쪽 응원단의 함성이 더 크다.

그가 링 사이드에 걸어갔을 때 이문영의 모습이 보였다.

그녀는 주먹을 쥐어 보이며 파이팅을 외쳤는데 두 눈에 걱정이 가득 담겨 있었다.

어제 저녁.

이문영은 숙소까지 찾아와 상처를 본 후 30분 가까이 걱정을 늘어놓으며 출전하지 말라고 사정했다.

그녀의 걱정도 있었겠지만 윤 관장이 시켰기 때문일 것이다.

윤성호는 부상을 당했음에도 최강철이 출전하겠다고 고집을 피우자 불같이 화를 내며 줄담배를 피워대다가 방을 나갔다.

그녀가 들어온 것은 윤 관장이 방을 나간 후 얼마 지나지 않았을 때였다.

아직도 윤성호는 자신을 모른다.

태릉선수촌에서 이문영의 접근을 방치한 것은 아직 어린 그녀를 여자로서 좋아했기 때문이 아니었다.

지독한 고통을 받은 전생을 사는 동안 자신은 한 여자만 사랑하는 것이 인간으로서의 도리를 다하는 것이라 생각했다.

하지만 지금은 아니다.

이문영에게 상처를 줄 생각도 없지만 그렇다고 해서 그녀의 마음을 받아주고 관계를 진전시킬 생각 또한 없었다.

전생에서는 아내였던 이선영이 세상의 전부인 줄 알았으나 이번 생에서는 결코 그런 바보 같은 짓을 하지 않을 것이다.

링에 올라 손을 번쩍 들었다.

그러자 한국 측 응원단 쪽에서 벼락같은 함성이 터져 나오며 최강철의 이름이 연호되기 시작했다.

그들의 환호에 답하기 위해 다시 한번 손을 드는 순간 눈가에서 고통이 몰려왔다.

쓰라리다.

너무 아파서 눈물이 나올 만큼 상처 입은 곳에서 끔찍한 고통이 쏟아져 나왔다.

슬쩍 인상을 찌푸리자 눈치 빠른 윤성호가 불쑥 물어왔다.

"아프냐?"

"아픕니다."

"지금이라도 그만둘 수 있어. 그만둘까?"

"거참, 관장님 눈에는 저기서 환호하는 관중들 안 보여요? 일부러 그러시는 거죠?"

"미친놈아, 진통제 맞고도 아픈데 그거 깨면 어떻겠냐. 에라, 나도 모르겠다. 네 마음대로 해. 뒈지든지 말든지 난 모르겠다."

"말 좀 예쁘게 하세요. 시합 앞둔 선수 너무 기죽이는 거 아니에요?"

"내 말도 안 듣는 놈이 뭐가 예뻐서 좋은 말을 해주겠냐, 이 나쁜 놈아!"

윤성호가 소리를 빽 지르자 최강철이 싱글싱글 웃다가 다시 왼쪽 눈을 깜박이며 인상을 찡그렸다.

오른쪽에 상처를 입었는데 고통이 몰려나오자 자신도 모르게 왼쪽 눈이 감겨졌다.

그때, 이번에는 일본 쪽 응원단 함성 소리가 들려왔다.

반대쪽 통로를 통해 히로키가 출전하고 있었기 때문이다.

"사진보다 훨씬 잘생겼네요."

"너보다는 못해. 네가 더 잘생겼어."

"크흐… 역시 관장님은 사람 보는 눈이 정확해요, 인정."

"하이고, 좋단다."

"그런데 저 자식 눈매가 뱀처럼 차갑네요. 성질이 지랄 같겠는데요?"

"잘 봤다. 저놈 예선전 치르는 거 보니까 상대를 철저하게 짓밟더구만. 독사 같은 놈이야."

"그래서 눈이 뱀을 닮았군요."

"요즘 기량이 물올랐단다. 더군다나 네가 부상을 당했기 때문에 자신감이 넘쳐흐르는 것 같아."

"저 자신감 금방 사그라질 겁니다."

링에 올라 뛰어다니는 히로키를 바라보며 최강철이 웃었다.

히로키는 몸을 풀면서 최강철을 향해 주먹을 내보이고 있었는데 윤 관장의 말처럼 자신감이 가득 들어 있는 얼굴이었다.

*　　　　*　　　　*

공이 울리는 순간 최강철은 링의 중앙으로 나가며 강한 단발 라이트 훅을 히로키의 안면을 향해 던졌다.

급히 히로키가 가드를 올리며 막았으나 워낙 강한 주먹이었기 때문에 왼손 가드가 휘청하며 자신의 왼쪽 얼굴 쪽으로 밀려 나갔다.

그때 라이트 훅이 다시 날아갔다.

더블펀치.

1년 동안 부단히 연습했던 라이트 훅 더블펀치였다.

밀렸던 히로키의 왼쪽 가드에 다시 한번 최강철의 미사일처럼 강력한 라이트 훅이 꽂히자 히로키가 견디지 못하고 뒤로 스텝을 밟으며 빠져나갔다.

간을 보기 위한 주먹이 아니었다.

그동안 최강철은 모든 경기를 레프트 잽으로부터 시작해서 상대를 야금야금 침몰시켜 왔으나 이번만큼은 완전히 달랐다.

히로키가 물러나자 최강철의 폭발적인 대시가 이어졌다.

원투 스트레이트부터 시작된 공격은 좌우 복부 공격에 이어 고개를 숙인 히로키의 안면을 덜컥이게 만들어 버린 어퍼컷까지 전광석화처럼 터져 나왔다.

히로키가 좌우 훅으로 반격을 가해왔으나 최강철은 여유를 주지 않고 그대로 밀어붙였다.

짧게 끊어 치는 쇼트 훅에 감촉이 오는 순간, 좌우 어퍼컷과 스트레이트가 콤비를 이루며 그대로 히로키의 얼굴을 직격했다.

비틀.

걸렸다.

충격을 받은 히로키의 신형이 로프를 타고 미친놈처럼 도망가는 것이 보였다.

도망가지 못한다, 히로키.

스텝을 밟으며 급히 좌측으로 돌아나가는 히로키의 품 쪽으로 최강철이 몸을 던지며 접근했다.

뿌리치려고 몸부림을 쳤지만 스피드에서 차이가 났기 때문에 3m조차 도망가지 못하고 잡혔다.

그 와중에 반격이 터져 나왔다.

놈은 집중적으로 상처 입은 눈을 향해 펀치를 쏟아냈지만 최강철은 위빙과 더킹으로 펀치를 흘려내고 곧장 자신의 주무기인 콤비네이션 펀치를 꺼내 들었다.

순식간에 터진 10여 발의 펀치가 히로키의 전신을 두들기며 작렬했다.

마치 폭탄이 터지는 것처럼 강력한 주먹들이었다.

팡, 파앙, 팡, 팡!

스트레이트를 정통으로 맞은 히로키가 급히 후퇴하다가 링줄에 걸리는 순간, 이번에는 레프트 훅 더블펀치가 비어 있는 옆구리에 틀어박혔다.

더블펀치는 거기서 그친 게 아니다.

옆구리에 충격을 받은 히로키가 팔꿈치를 내리는 순간, 레프트 훅이 얼굴로 올라갔고 곧이어 라이트 훅이 비어 있는 놈의 안면을 흔들어 놨다.

그사이에 눈의 상처가 다시 벌어지면서 피가 흐르기 시작했으나 최강철은 자신의 전진을 멈추지 않았다.

소나기 펀치.

히로키는 반격을 가하기 위해 펀치를 낼 때마다 더 커다란 충격을 입었다.

패링에 의한 크로스 카운터가 연신 얼굴에 꽂혔기 때문이다.

한국 응원단에서는 난리가 났다.

경기를 시작하자마자 최강철이 일방적으로 히로키를 밀어붙이자 자리에서 일어나 고함을 지르고 있었는데 전부 광기에 사로잡혀 있는 것처럼 보였다.

광기에 사로잡힌 건 관중들뿐만이 아니었다.

히로키를 바라보는 최강철의 눈에서는 싸늘하고 차가운 시퍼런 눈빛이 흘러나왔는데, 뱀을 갈가리 찢어서 잡아먹는 독수리의 눈을 닮았다.

패링에 이은 라이트스트레이트가 제대로 걸리자 최강철은 이제 히로키의 반격을 무시하고 적을 로프에 묶어놓은 채 연사를 날리기 시작했다.

여기서 끝장을 본다, 히로키.

너를 쓰러뜨려 울분에 찬 한국 국민들의 마음을 위로해 줄수 있다면 내 상처에서 흐르는 피는 아무것도 아니다.

최강철에게는 주 무기가 없다. 모든 펀치가 치명적인 위력을 가지고 있기 때문이었다.

링에 묶인 채 반격을 하는 히로키의 주먹은 전혀 두렵지 않았다.

비록 눈에서 피가 흘렀지만 잔뜩 달아오른 흥분과 투지는 고통을 잊게 만든 지 오래였다.

히로키의 레프트 훅이 나오는 순간 작정한 듯 마주 레프트 훅을 갈겼다.

솜이 잔뜩 들어가 있는 12온스 글러브만 아니었다면 히로키는 예전에 바닥에 쓰러졌겠지만 이 정도만 가지고도 충분하다.

크로스 카운터인 레프트 훅이 작렬하는 순간 히로키의 눈이 돌아가는 게 보였다.

마주 때리고 맞았으나 히로키가 받은 충격이 훨씬 더 크다는 뜻이다.

그때부터 최강철은 작은 펀치를 생략하고 거리를 잡은 채 미사일 같은 좌우 훅으로 공격했다.

이왕 잡는 거 완벽하고 통쾌하게 쓰러뜨릴 생각이었다.

부웅, 부웅, 쾅… 쾅!

한 방, 두 방, 세 방.

펀치가 얼굴에 작렬할 때마다 히로키는 생명이 다해가는

뱀처럼 꿈틀거렸다.

　그러나 그 꿈틀거림도 얼마 가지 못했다.

　최강철이 마지막에 터뜨린 토네이도 스트레이트가 정확하게 안면에 박히며 의식을 잃었기 때문이다.

　불과 1분 57초.

　히로키를 때려잡는 데 걸린 시간은 불과 1분 57초가 걸렸을 뿐이다.

제17장
강남

"최강철 선수, 레프트 훅을 터뜨립니다! 히로키, 맞았습니다. 뒤로 물러나는 히로키, 최강철 선수 돌진합니다. 라이트 훅, 레프트 훅. 무섭습니다. 정말 엄청난 공격력을 보여주고 있습니다!"

"아무래도 여기서 끝낼 생각인 것 같습니다. 상처 때문에 서두르고 있는 것 같아요."

"물러서는 히로키, 반격을 하지만 최강철 선수 잘 피했습니다. 다시 접근하는 최강철, 빠릅니다. 윤 위원님 히로키가 최강철 선수의 스피드를 뿌리치지 못하는군요. 어떻게 생각하십니까?"

"스피드는 최강철 선수가 훨씬 빠릅니다. 하지만 그것만 차이가 나는 게 아니에요. 펀치력에서도 최강철 선수의 주먹이 더 뛰어납니다. 같이 때리고 맞았는데 히로키가 뒤로 밀리잖습니까."

"말씀드리는 순간, 최강철 선수의 라이트 어퍼컷이 정확하게 들어갔습니다! 비틀대는 히로키. 최강철 선수, 거리를 확보하고 무시무시한 양 훅을 날립니다. 상대가 되지 않습니다. 라이트 훅, 레프트 훅. 히로키, 위깁니다. 최강철 선수의 강력한 라이트스트레이트! 쓰러집니다. 히로키 쓰러졌습니다! 일어나지 못합니다. 최강철 선수가 히로키를 KO로 잡았습니다! 고국에 계신 시청자 여러분 기뻐해 주십시오! 최강철 선수가 히로키를 이기고 금메달을 땄습니다!"

히로키가 쓰러지자 이종엽과 해설을 보는 윤근모의 목소리가 흥분으로 인해 울부짖는 것처럼 흘러나왔다.

그들은 경기가 시작되면서 최강철이 일방적으로 몰아붙이자 자리에서 벌떡 일어나 있었는데 결국 1라운드 중반에 히로키가 쓰러지자 두 팔을 번쩍 들며 서로를 끌어안고 기쁨을 숨기지 못했다.

한국 측 응원단의 광기는 최강철이 히로키를 쓰러뜨리고 두 팔을 치켜드는 순간 절정에 달했다.

그들 역시 경기가 시작되자마자 전부 일어서 있었는데 손에 땀을 쥔 채 경기를 관전하다가 시합이 점점 일방적으로 흐르자 거의 광란의 몸부림을 치고 있었다.

하지만 반대쪽 일본 응원단은 초상집을 보는 것 같았다.

경기가 시작된 후 줄곧 얻어터지다가 제대로 된 반격 한번 하지 못하고 히로키가 쓰러지는 걸 보며 그들은 고개를 푹 수그린 채 실망감을 숨기지 못했다.

"윤 위원님, 이번 경기는 최강철 선수의 부상 때문에 상당히 우려가 컸는데 의외의 결과가 나왔습니다. 어떻게 보셨습니까?"

"처음부터 히로키는 최강철 선수의 상대가 되지 않았습니다. 최강철 선수가 누굽니까? 차기 세계 챔피언이라고 불리던 마크 브릴랜드까지 쓰러뜨린 선수 아닙니까. 일본 측에서는 히로키를 영웅으로 치켜세우며 이길 수 있다고 큰소리를 쳤지만 최강철 선수는 그런 전망이 얼마나 헛된 것이었는지 실력으로 단박에 보여줬습니다. 이번 경기는 캐스터께서도 보신 것처럼 일방적인 경기였습니다. 우려했던 부상을 이겨내고 경기를 무사히 마쳐준 최강철 선수에게 아낌없이 경의의 박수를 보내고 싶습니다."

*   *   *

심판의 KO 선언이 나오자 윤성호는 바람같이 뛰어 들어가 손을 치켜들고 있는 최강철을 끌어안았다.

그러고는 인정사정없이 기습적으로 뽀뽀를 해버렸다.

예쁜 놈, 귀여운 놈, 착한 놈, 그리고 자랑스러운 놈.

최강철이 그 와중에도 질색을 하면서 도망갔으나 멀리 가지 못하고 잡혔다.

"이 자식아, 어딜 가!"

"관장님, 사람들이 다 봅니다. 그렇게 진한 애정 공세는 우리 둘만 있을 때 으슥한 곳에서 해주세요."

"크크크… 이 미친놈아, 고생했다. 정말 잘했어."

최강철의 너스레에 윤성호가 기분 좋게 웃으며 최강철의 몸을 다시 끌어안았다.

이번에도 목말을 태운 건 그가 아니라 국가 대표 감독을 맡고 있는 최철한이었다.

그러고 보니 그는 최강철을 목말 태운 적이 여러 번 있다.

축제.

맞다, 승리를 하고 난 축제다.

한국 측 관중들은 연신 최강철의 이름을 연호하며 그의 승리를 축하했는데 얼굴에는 전부 기쁨의 웃음이 담겨 있었다.

유광호가 달려든 것은 최강철이 금메달까지 목에 걸고 링에서 내려왔을 때였다.

그는 경기 관계자가 아니었기 때문에 지금까지 링에 오르지 못하고 한참을 기다려야 했다.

"강철아, 사랑한다."

"왜 이러세요, 오늘따라 다들 이상하시네. 제가 여자로 보이세요?"

"이놈아, 이겨줘서 정말 고맙다. 내 5년 한을 기어코 네가 풀어줬구나. 잘했어, 정말 장하다."

"어른이 우는 거 아닙니다. 금방 사랑 고백해 놓고 울면 저는 어쩌란 말입니까. 울지 마세요. 남들이 보면 제가 퇴짜 났다고 하겠어요."

"아이고, 이 자식아!"

"불고기 사줄 거죠?"

"불고기가 문제냐? 말만 해. 내가 어떤 거라도 해줄 테니까."

*　　　　　*　　　　　*

결승전이 벌어지는 날.

최강철의 집에 사람들이 슬금슬금 모여든 것은 아침나절부터였다.

동네 사람들이 먼저 한두 명씩 모여들었고 시합을 1시간

앞두고는 박 반장을 비롯한 회사 동료들까지 찾아왔다.

거의 30여 명에 가까운 사람이 몰려든 것이다.

최우용은 집에 있다가 몰려든 사람들에게 인사를 한 후 아들의 경기가 시작되기를 기다렸다.

준결승 경기를 본 후 지금까지 한시름도 놓지 못했다.

아들의 눈에서 흘러나오는 피를 보는 순간 자신의 눈에서 피눈물이 흐르는 착각이 들었다.

얼마나 아팠을까.

다행히 아들은 경기를 이겼지만 눈을 타고 흘러내리는 피를 숨기지 못한 채 힘들게 링을 내려갔다.

텔레비전 뉴스에서는 아들의 이름이 연이어 흘러나오고 있었다.

초미의 관심.

한일전이었기 때문인지 방송에서는 아들의 상처를 우려하면서 출전 자체가 불투명하다는 뉴스를 내보냈다.

가슴을 졸이며 하루를 보냈다.

아내인 류순덕은 아들이 부상을 당해서 피를 흘리는 순간 경기마저 일으키며 쓰러져 일어나지 못했다.

그녀에게는 3라운드 내내 아들의 눈에서 흐르는 피밖에 보이지 않았던 모양이다.

밤 늦게 아들이 출전을 강행한다는 소식이 들려오자 눈앞이 깜깜해졌다.

아무리 중요한 경기라도 아들보다 소중하지 않다.

불안했고 초조했다. 커다란 상처를 입은 아들이 일본의 영웅으로까지 불린다는 히로키와 시합을 한다는 사실은 더없이 그를 불안에 떨게 만들었다.

몰려든 사람들의 표정도 그리 밝지 않았다.

워낙 커다란 부상을 당했기 때문에 출전해도 제대로 싸울 수 없을 것이란 뉴스를 봤기 때문이다.

"최 씨, 혹시 아들하고 통화했어?"

"못 했어."

"거참, 걱정이네. 많이 아플 건데 말이여. 그래서 제대로 시합을 할 수 있을 지 모르겠네."

"조용히 해, 이 사람아. 강철이가 할 만하니까 나갔겠지. 눈치가 없어, 눈치가."

헛기침을 하면서 걱정하는 허 씨를 향해 박 반장이 나서며 눈을 부라렸다.

이 마당에 그런 소리를 하는 허 씨가 너무 한심했기 때문인데 박 반장은 분위기를 추스르느라 애를 썼다.

"걱정하지 마러. 강철이가 누군가. 아마추어 복싱에서는 세계 챔피언까지 한 놈 아녀. 조금 다쳤어도 히로킨가 뭐시기는 그냥 때려 눕힐 겨."

"그랬으면 좋겠네유."

"근데 자네 안사람은 어디 갔어. 왜 안 보여?"

"저짝 방에서 누워 있어유. 애가 다쳐서 그런가 힘이 없네 유."

"그려… 그렇겠지."

두런거리며 대화를 나누는 동안 최강희와 최강숙이 준비해 놨던 식혜를 한 사발씩 사람들에게 돌렸다.

갑작스럽게 찾아온 손님들이 아니었다.

준결승 때에도 찾아왔기 때문에 이제 그녀들은 자연스럽게 손님들을 대접했다.

시간이 지나고 방송 아나운서와 해설자가 화면에 등장하자 사람들의 시선에서 긴장감이 서리기 시작했다.

워낙 화제가 된 경기였다.

어제 벌어진 축구 경기를 일본에게 지는 순간 여기 모여 있는 사람들은 물론이고 전 국민이 울화통을 터뜨렸기 때문에 이번 경기는 초미의 관심을 끌고 있었다.

류순덕이 건넛방 문을 열고 나온 것은 중계를 하는 아나운 서에게서 최강철의 이름이 거듭 흘러나왔기 때문이다.

엄마의 마음은 이렇다.

아들이 때리는 것도, 맞는 것도 보기 싫었으나 막상 시합이 시작되는 순간이 찾아오자 자리를 털고 나올 수밖에 없었다.

화면에는 최강철이 출전하는 순간 수많은 사람이 함성을 터뜨리며 열렬한 응원을 하는 것이 보였다.

그에 맞춰 집에 몰려든 사람들도 주먹을 불끈 쥐며 고함을 질렀다.

"강철이 괜찮아 보이는구먼. 눈은 조금 부어올랐어도 걸음걸이가 당차잖어. 안 그려?"

"그러네요. 씩씩하게 들어오네."

주변에 몰려 있던 직원들이 한마디씩 했으나 최우용은 아무 말도 없이 화면에 나오는 아들의 얼굴만 뚫어지게 쳐다봤다.

사람들은 조금 부어올랐다고 했지만 가까이 잡힌 아들의 눈썹은 길게 찢어져 흉측스럽게 보였다.

이윽고 반대쪽에서 히로키의 모습이 잡혔다.

날카로운 인상, 강한 일본 무사를 보는 것처럼 그의 얼굴은 너무 날카로워 아들과 확연하게 대비되는 모습이었다.

가슴이 쿵쾅거리며 뛰기 시작했다.

슬쩍 옆을 보자 아내인 류순덕은 눈을 감은 채 뭔가를 중얼거리고 있었다.

이윽고 경기가 시작되자 사람들의 고함 소리가 마구 터져 나왔다.

그도 마찬가지였다.

최강철이 일방적으로 히로키를 몰아붙이자 엉덩이를 바닥에 놓지 못하고 연신 몸을 들썩거렸다.

딸들의 비명 소리가 사람들의 고함을 뚫고 날카롭게 방 안을 적셨다.

딸들은 최강철이 펀치를 날릴 때마다 비명 소리를 멈추지 못했는데 여자들 입에서 나오지 않아야 할 말들도 서슴없이 나오고 있었다.

"강철아, 때려, 때려! 저 기생오라비같이 생긴 놈 죽여 버려!"

하나둘 일어서던 사람들은 아들이 폭발적으로 공격을 지속하자 전부 일어서 있었다.

자신 때문이다.

경기가 시작되고 아들이 공격하는 순간 들썩거리던 엉덩이가 자신도 모르게 방구들을 차고 올라왔기 때문에 다른 사람들도 따라서 일어선 것이다.

"만세!"

마침내 히로키가 쓰러지는 순간 두 손을 번쩍 들고 만세를 외쳤다.

아내인 류순덕은 어느새 눈을 뜨고 화면을 지켜보고 있다가 최강철이 히로키를 쓰러뜨리자 최우용을 붙잡고 눈물을 쏟아내기 시작했다.

"최 씨, 축하혀. 정말 축하혀. 강철이 최고다, 최고여."

박 반장을 비롯한 동료들이 최우용과 류순덕을 감싸 안으며 축하 인사를 건넸는데 워낙 많은 사람이 한꺼번에 떠들었기 때문에 무슨 소린지 알아들을 수 없을 정도였다.

최우용은 그런 사람들의 축하를 받으며 연신 고개를 숙였다.

기쁘다. 너무 기뻐서 죽을 것만 같았다.

*   *   *

유광호는 정신이 없었다.

잔뜩 기다리고 있는 회장한테 결과를 보고했고 곧이어 치러진 경기에서 정용범이 금메달을 또 땄기 때문에 몸이 열두 개라도 부족한 실정이었다.

바빠도 좋다.

지금까지 한국 선수단이 딴 금메달 숫자만큼 복싱에서 수확했으니 선수단에서 복싱의 위상은 하늘 높은 줄 모르고 올라간 상태였다.

선수단장 임준현의 표정은 어제와 달리 활짝 펴졌다.

가뜩이나 성적이 좋지 않던 마당에 축구 국가 대표가 일본에게 박살이 나자 그는 어젯밤까지만 해도 인상을 박박 긁으며 무거운 한숨을 내리쉬고 있었다.

그랬으니 오늘이 꿈만 같았다.

하루 만에 금메달을 8개나 쓸어 담아 4위로 쳐져 있었던 중간 성적이 일본을 제치고 2위까지 올라갔으니 금방이라도 중공까지 따라잡을 것 같았다.

바쁜 일처리를 끝내고 유광호와 함께 차를 마시며 격려를 아끼지 않았다.

복싱 협회와 국민들의 반응에 대해 이야기를 나누면서 웃음꽃이 피었다.

전화로 알아본 국민들의 반응은 폭발적이었는데 오늘 벌어진 한국 선수단의 선전에 잔뜩 고무되어 있다는 것이었다.

그들이 있는 곳에 전화가 온 것은 오후 5시가 훌쩍 넘었을 때였다.

"단장님, 본국에서 전화예요."

"누구라는데?"

"글쎄, 물어봐도 급하다고 하면서 대답해 주지 않네요. 받아보시겠어요?"

"돌려봐."

한창 웃음꽃을 피우며 이야기를 나누던 임준현의 표정이 비서의 말을 듣고 슬쩍 일그러졌다.

본국에서 전화가 올 수도 있다.

오늘만 해도 수십 통의 전화가 왔었으니 전화 받느라 정신이 없었을 정도였다.

그럼에도 자신의 정체를 밝히지 않고 전화해 온 것은 처음
이었다.

어떤 놈이 감히 정체도 밝히지 않고 선수단을 이끌고 있는
단장과 통화를 하겠다는 것인가.

"여보세요?"

─여기 청와댑니다. 임준현 단장이십니까?

"허억! 예, 제가 임준현입니다."

─각하께서 조금 이따가 최강철 선수와 통화하기를 원하십
니다. 최강철 선수는 지금 어디 있습니까?

"병원에⋯ 아이고, 이걸 어째."

상대가 청와대라는 말을 꺼내자 임준현의 얼굴이 단박에
시커멓게 죽었다.

다른 사람도 아니고 대통령이 직접 격려 통화를 하고 싶다는
것인데 최강철은 눈썹을 꿰매기 위해 자리를 비운 상태였다.

─각하께서는 기다리는 걸 무척 싫어하시니까 급히 데려오
세요. 1시간 드리겠습니다.

스포츠서울의 김도환은 최강철이 히로키를 때려잡자 자리
에서 방방 뜨며 마음껏 소리를 질러댔다.

기자로서 냉철하게 상황을 분석하고 기사 작성에 필요한 것

들을 체크해야 했지만 지금 이 순간만큼은 아무것도 생각나지 않았다.

10년 묵은 체증이 한꺼번에 날아가는 기분이었다.

옆에 있는 마에다가 똥 씹은 얼굴로 씩씩거리는 것이 보였기 때문에 더욱 방방 뜨면서 기쁨을 숨기지 않았다.

'이 새끼야, 봤냐? 이게 바로 세계 선수권대회 챔피언 최강철의 힘이다. 크크크… 좆만 한 새끼들이 어디서 까불어!'

속으로 그렇게 말했다.

그동안의 친분 관계만 아니었다면 대놓고 말하고 싶었으나 간신히 속으로 삭였다.

대신 흥분이 가라앉자 여유 있게 손을 내밀었다.

"내놔."

"김 상, 이거 너무한 거 아냐?"

"뭐가?"

"아무리 좋아도 그렇지 내 생각도 좀 해줘. 사람이 양심이 없어, 양심이."

"양심 같은 소리하고 자빠졌네. 야, 너도 히로키가 이겼으면 나처럼 했을 거 아니냐? 그게 양심하고 무슨 상관있어!"

"그래도 너무하잖아. 우리 일본 관중들 코 쑥 빠진 모습 안 보여? 저쪽에 있는 한국 응원단은 그렇다 쳐도 너는 그러면 안 되지."

"아이고, 시끄럽다. 돈이나 내놔."

김도환이 마에다의 징징거리는 소리를 들으며 손바닥을 팔랑거렸다.

그러자 마에다가 억울해 죽겠다는 표정으로 바지 주머니에서 지갑을 꺼내 들고 돈을 셌다.

개선장군의 심정이 나와 같을 것이다.

그동안 이 자식에게 돈을 잃을 때마다 느꼈던 분노를 생각한다면 몇 번이고 팔짝팔짝 뛸 의향이 있었다.

돈이 문제가 아니다. 히로키에게 한국 선수들이 매번 줄곧 얻어터지는 모습을 보면서 자신이 얻어맞는 것 같은 더러운 기분을 느꼈다.

그런 갈증과 분노가 한꺼번에 풀렸으니 마에다의 돈을 받는 손길이 더없이 가벼웠다.

"좋겠다."

"언제든지 다시 도전하라고. 받아줄 테니까."

"그 말이 아니야."

"그럼?"

"저 자식이 한국 놈이라는 게 좋겠다는 말이야. 너는 봉을 잡았잖아. 당분간 저놈 따라다니면 처자식 굶어 죽일 일은 없을 거 아니냐."

"네 눈에도 그렇게 보여?"

"당연하지. 저놈은 앞으로 웰터급의 판도를 바꿔놓을 거다. 동양권이 아니라 세계를 제패할 수도 있겠어."

"있겠어가 아니라 반드시 그럴 거야. 최강철은 마력이 있어. 더군다나 너도 봤겠지만 가공할 인파이팅 능력은 세계 최고 수준이잖아. 펀치력은 또 어떻고. 쟤는 된다. 반드시 될 거야."

"그래서 부럽다는 거 아니냐. 칙쇼, 나는 히로키가 그렇게 되어주길 바랐는데 막상 최강철과 붙어보니 내 망상이 얼마나 헛된 것인 줄 알겠다."

"이제라도 알아서 다행이다. 그래도 넌 나와 친한 걸 운 좋게 생각해."

"왜?"

"저놈이 잘나가면 내가 거머리처럼 따라다닐 거니까 너한테 떡고물이 떨어질 거 아니냐. 그땐 술 열심히 사라. 안 그러면 국물도 없어!"

*   *   *

대표 팀의 주치의 김기석 박사는 병원의 허락을 받고 직접 최강철의 눈썹을 꿰맸다.

그는 수술을 하는 동안 계속해서 최강철의 무모함을 타박

했는데, 그럼에도 눈에서는 대견하다는 따뜻함이 가득 들어 있었다.

마취를 했기 때문에 아프지 않을 거란 생각은 틀렸다.

바늘이 살을 헤집고 들어갈 때마다 따끔거리는 감촉이 느껴졌다.

기분이 좋지 않았다.

자신의 살이 찢어져 침대에 누워 있다는 사실은 결코 좋은 경험이 아니었다.

실수가 분명하다.

편치에만 신경 썼기 때문에 코앞까지 다가온 무앙수린이 머리로 박는 것을 막지 못했다.

미리 그럴 수도 있다는 예상을 했다면 차단할 수 있는 일이었음에도 자신의 부주의가 이런 일을 만들고 말았다.

야수들이 살고 있는 프로에서는 비일비재로 생기는 일임에도 주의를 기울이지 않았던 것은 아직도 그가 링이라는 고독한 세계에 완벽하게 적응하지 못했다는 걸 알려주는 것이었다.

더 가다듬을 필요가 있었다.

누구도 더 이상 자신의 몸에 상처를 내지 못하도록 완벽한 방어와 경기를 끌어나가는 힘을 길러야 한다.

유광호가 헐레벌떡 뛰어 들어온 것은 수술을 끝내고 반창

고를 눈에 붙인 채 병원을 나설 때였다.

유광호의 얼굴은 온통 땀으로 도배가 되어 있었는데 얼마나 급하게 서둘렀는지 최강철을 보고도 숨을 헐떡거리느라 쉽게 입을 열지 못했다.

"사무장님, 여기까지 웬일이세요? 무슨 일 생겼습니까?"

"헉, 허억… 강철아, 빨리 가자."

"왜요?"

"각하께서… 각하께서 너를 찾으셔. 빨리 가야 돼."

그의 입에서 대통령이 찾는다는 말이 튀어나오자 옆에 있던 윤성호의 얼굴이 허옇게 질렸다.

하지만 최강철은 전혀 동요되지 않은 음성으로 다시 물었다.

"나를 왜 찾아요?"

"격려해 주고 싶대. 각하께서 네 경기를 보고 감동한 모양이더라. 다른 사람은 아니고 너만 찾으신단다."

"그까짓 격려받아서 뭐에 써먹는답니까? 맨입으로 떠들지 말고 돈으로 달라고 하세요. 감동받았으면 뭔가 감동을 준 사람에게 행동으로 보상해야죠. 안 그래요?"

"이 자식아. 너 그러다가 쥐도 새도 모르게 죽어. 말조심해!"

"그런 말 했다고 죽겠습니까? 사무장님이 가서 말씀해 주세요. 돈으로 달라고."

"아이고, 너 정말 왜 이러니? 난 딸린 식구가 셋이나 돼. 지금 죽으면 큰일 나!"

"하하하… 가요. 뭐, 까짓것 칭찬해 준다는데 들어주는 게 뭐가 어렵겠어요? 전통이 통이 크다고 했으니까 나중에 뭐라도 나오겠죠."

"전통이 뭐냐?"

"그런 거 있어요. 누군가는 돈 담는 통을 전통이라고 하더군요."

최강철이 들어오자 체육부에서 나온 공무원들부터 선수단장과 임원들까지 거의 십여 명이 도열하듯 서 있는 게 보였다.

역시 목숨은 소중한 것인 모양이다.

전화벨이 울리며 교환을 통해 최강철이 전화기를 들자 반대쪽에서 걸쭉한 목소리가 흘러나왔다.

—최강철 선수인가?

"예, 각하."

—오늘 잘했어. 내 속이 다 시원하더구만. 우린 모여서 자네 시합을 봤는데 아주 통쾌해서 소리까지 질렀다네. 아마 우리 국민들 모두 마찬가지였을 거야. 아주 훌륭했어. 상처까지 입었음에도 완벽하게 승리를 거둬줘서 고맙네.

"감사합니다."

―상처는 어때. 꽤 심해 보이던데?

"봉합 수술을 잘 받았습니다. 조금 지나면 괜찮아질 것 같습니다."

―다행이야. 걱정했는데 잘 치료했다니 안심이 되는군. 거기서 관광도 하고 푹 쉬다 돌아와. 귀국하면 내가 자네들을 초대하겠네.

"예, 각하."

통화가 끝났다는 신호가 삑삑거리며 울리자 그때까지 숨을 쉬지 못하고 있던 관계자들이 한숨을 흘려냈다.

워낙 눈치가 빠른 사람들이었기 때문에 대충 통화 내용은 최강철의 대답으로 알았겠지만 대통령이 무슨 말을 했는지 궁금해 죽겠다는 표정들이었다.

가장 몸이 단 사람은 단장인 임준현이었다.

"뭐라시냐?"

"고생했다고 하시네요. 국민들이 좋아한다고 하셨습니다."

"그리고?"

"관광도 하고 푹 쉬다 오라십니다. 그리고 귀국하면 초대하시겠다고 했습니다."

"정말이냐?"

"예."

최강철의 대답에 임준현의 얼굴이 활짝 펴졌다.

청와대에 초대받는 건 그에게 있어 더없이 영광스럽고 소중한 기회였기 때문이다.

선수들이야 회식 한 번으로 끝나겠지만 그에게는 출세의 지름길이 될지도 모른다.

집요하게 물어대는 통에 거의 10여 분이나 대답을 하고 나서야 사무실에서 벗어날 수 있었다.

높은 양반들은 대통령이 한 말을 토씨 하나 틀리지 않게 말하도록 만들었기 때문에 시간이 한참 걸렸다.

참 다들 힘들게 산다. 남의 눈치를 보면서 목숨을 연명하고 있으니 그들의 삶이 정말 고단해 보였다.

대통령의 한마디에 의해 모든 것이 달라졌다.

청와대 관계자는 전화 통화 하는 것까지 전부 체크하고 있었던지 임준현에게 오더를 내렸는데 복싱 선수들이 주변을 관광할 수 있도록 최대한 배려하라는 것이었다.

임준현은 왕에게 중대한 임무가 담긴 칙서를 받은 것처럼 직접 주변 관광지를 탐색해서 일정을 잡아주었다.

하지만 선수들은 유광호를 통해 가장 유명한 타지마할 궁전만 보는 것으로 일정을 조정했다.

아무리 성적이 좋아도 국가를 위해 다른 선수들이 구슬땀을 흘리며 싸우고 있는데 편안하게 관광을 한다는 건 양심이 허락하지 않았다.

한가로운 일상의 세계.

경기가 끝난 후 수많은 기자에게 시달리느라 제대로 쉬지 못했기 때문에 선수들과 단출하게 여행을 떠나자 마음이 평온하게 가라앉았다.

뉴델리역에서 2시간 동안 기차를 타고 아그라역까지 가서 툭툭이를 이용해 궁전으로 향했다.

선수들은 기차를 타는 동안 전부 곯아떨어졌다. 오랜 긴장감이 풀렸기 때문일 것이다.

최강철은 끝없이 펼쳐진 드넓은 광야를 바라보며 깊은 생각에 잠겼다.

광활한 땅.

이렇게 광활한 땅을 가졌지만 인도는 세상에서 가장 못사는 나라 중의 하나였다.

종교가 그들의 삶을 망친 주범이었으나 인도인들은 그렇게 생각하지 않았다.

행복이란 건 그렇다.

주변 사람들이 바라보는 시선과 스스로 느끼는 것의 차이는 엄청난 괴리가 존재하기 때문에 어떤 것이 진정한 행복인가를 아무렇지 않게 재단하는 건 무모한 짓이다.

도착해서 바라본 타지마할 궁전의 모습은 경이로웠으나 잔인한 비밀이 숨겨져 있었다.

　궁전은 사자한이 사랑하는 왕비가 죽자 22년 동안 2만 명의 노동자를 동원해서 건축했는데, 그 많은 사람의 손목을 모두 잘랐다는 얘기였다.

　그들이 더 아름다운 궁전을 만들지 못하게 하기 위함이었다.

　얼마나 웃긴 이야긴가. 가진 자에 의해 돌아가는 세상은 수많은 생명을 빼앗아갔으나 이토록 아름다운 궁전을 남겼으니 말이다.

　하지만 나는 그렇게 살지 않으리라.

　아름다운 궁전은 남기되 당당하고 따뜻하게 살면서 주변 사람들을 행복하게 만들 것이다.

　시간은 빠르게 흘러갔고 아시안게임은 종합 3위의 성적으로 끝이 났다.

　복싱이 선전을 했으나 다른 종목에서 죽을 쑤면서 중공, 일본에 이어 3위로 밀려났다.

　우승을 원하던 신군부 정권의 꿈은 그렇게 산산조각이 나버렸다.

　귀국해서 공항에 도착하자 수많은 기자가 몰려들었다.

금메달을 딴 영웅들을 맞이하기 위함인데, 그들 대부분은 3관왕을 차지한 최윤희와 최강철을 집중 취재 했다.

기자들의 등쌀에 시달리다가 뒤늦게 마중을 나온 부모님과 누나들, 그리고 친구들을 볼 수 있었다.

"괜찮은 거여?"

"예."

눈을 반쯤 덮은 붕대를 보면서 아버지가 묻자 최강철은 어색한 웃음을 흘렸다.

그러자 아버지가 그의 등을 토닥였다.

"그러믄 됐다. 수고했어."

"아버지, 이거 금메달입니다. 돌아오면 아버지께 제일 먼저 걸어드리고 싶었어요."

최강철이 자신의 목에 걸려 있던 금메달을 풀어 목에 걸어 주자 최우용의 얼굴에서 어색한 웃음이 흘러나왔다.

잘난 아들을 두어 이런 영광을 연거푸 얻었으니 마음껏 즐거워할 수도 있으련만, 그는 지금 이 순간에도 주변에 몰려든 기자들과 사람들의 눈치를 먼저 보며 자신의 기쁜 마음을 드러내지 못했다.

"엄마, 잘 계셨죠?"

"그러믄, 잘 있었지. 너는 어떤 겨. 눈은 괜찮은 겨?"

"의사가 그러는데 잘 꿰매서 상처 자국도 남지 않을 거라고 했어요. 걱정하지 마세요."

"그려… 그려."

어머니는 최강철의 얼굴을 보자마자 눈물 먼저 흘렸다.

그의 상처를 매만지는 어머니의 손길은 아픔이 잔뜩 담겨 있어 닿을 때마다 가슴이 쓰라렸다.

무엇이 나의 부모님을 이리 위축된 삶을 살게 만든 것일까.

다른 사람들은 금메달을 걸고 온 자식들을 맞이하며 마음 껏 기뻐하고 있었지만 나의 부모님은 그저 눈물과 어색함으로 나를 반기고 있었다.

충청도 시골 가난한 소작농의 아들로 태어나 어린 시절 남의 집 머슴으로 살다가 겨우 운전을 배워 가족들을 책임지며 살아오신 아버지. 그리고 18살 때 시집와서 그 곁을 지키며 온갖 고생을 짊어진 채 힘든 삶을 살아온 어머니는 이 기쁨을 마음껏 즐길 자격이 있었음에도 그렇게 하지 못하셨다.

가난과 무식이 그렇게 만들었다. 그 지독한 가난과 무식에서 오는 두려움은 부모님의 힘든 삶에 거머리처럼 달라붙어 지금까지 괴롭히고 있었다.

돌아온 삶에서 내가 가장 먼저 하고 싶었던 것은 부모님의 가슴속에 들어 있는 그 질긴 두려움을 잘라내는 것이었다.

히로키를 압살한 것처럼 그것 역시 뿌리째 뽑아내어 더 이상 부모님을 괴롭히지 못하도록 만들어 드리고 싶었다.

*   *   *

청와대에 들어간 것은 귀국한 지 3일이 지났을 때였다.

벌써 다녀왔던 경험이 있었기 때문인지 다른 사람과 달리 떨리지 않았다.

금메달을 딴 선수들만 점심 식사에 초대했는데 눈이 돌아갈 정도의 만찬을 준비해 놓고 있었다.

먹어도 먹는 게 아니다. 그 비싸다는 등심과 회가 산더미처럼 나왔으나 선수들은 깨작거리며 먹는 둥 마는 둥 했다.

대통령은 선수들을 일일이 호명하며 칭찬을 하다가 최윤희에게 한동안 질문을 던졌다.

역시 여자는 예쁘고 봐야 한다.

수영 선수답지 않게 잘 빠진 몸매와 예쁜 얼굴을 지닌 최윤희는 아시안게임이 끝나면서 언론의 집중 포화를 맞으며 빅스타가 되었다.

하지만 최강철에게 순서가 왔을 때 대통령은 아예 젓가락조차 놓고 끝없이 칭찬과 질문을 던져댔다.

무앙수린과의 시합에서 눈이 찢어질 때의 상황은 물론이고 부상을 당했음에도 결승전에 출전한 이유에 대해서 물었다.

그러고는 히로키와의 시합 장면을 생생하게 말하면서 침이 튀길 정도로 칭찬을 했다.

얼굴이 다 붉어졌다.

수많은 사람이 모여 있는 자리에서 오직 자신에게 시선을 고정시킨 채 칭찬을 해대니 송충이가 몸을 타고 오르는 느낌이었다.

"자네, 이제 고등학교 졸업반이지?"

"예, 각하."

"앞으로 어쩔 생각인가?"

"프로에 데뷔해서 세계 챔피언에 도전하고 싶습니다."

"옳지, 나도 그 생각을 했어. 지금 웰터급 챔피언이 슈가레이 레너드잖아. 내 말 맞나?"

"예, 맞습니다."

자신으로 인해 과거가 비틀어진 것일까.

전생에서 슈가레이 레너드는 눈 부상으로 인해 금년 11월에 은퇴했었는데 지금 그는 여전히 강력한 챔피언으로 남아 있었다.

그뿐만이 아니다.

게으른 천재 복서였던 윌프레도 베니테스는 물론이고 링의 백작 아르게요, 무한 테크리션 아론 프라이어가 체급을 올렸고, 거기에 토머스 헌즈와 듀란까지 현재 웰터급의 판도는 군웅할거의 전장이 되어 있었다.

그뿐인가.

18연속 KO승을 기록하며 신성으로 떠오른 마이클 보우, 23연승의 유리 체르챈코, 25연승 23KO승을 기록하고 있는 하드펀처 피터밀스 등 강력한 도전자들이 계속 생성되며 전 세계 복싱 팬들을 열광시키고 있는 중이었다.

"나도 텔레비전에서 봤는데 대단하더구만. 토마스 헌즈도 이겼고 듀란도 이겼어. 더군다나 타고난 천재라는 윌프레도 베니테스도 꺾었지. 내가 그놈 경기를 다 봤는데 한마디로 신이 내린 복서야."

"이길 수 있습니다."

"뭐라고?"

"제가 경력만 쌓으면 이길 수 있습니다, 각하."

"푸하하… 그렇지, 자신감이 있어서 좋아. 자네 경기 스타일도 마음에 들고. 내가 봤을 때 자네는 충분히 가능성 있어."

대통령이 파안대소를 터뜨리며 박수를 쳤다.

그의 눈에는 기대감이 잔뜩 들어 있었는데 복싱광답게 최강철의 가능성을 무척 높이 평가하고 있는 것 같았다.

그의 웃음소리를 들으며 최강철의 머리가 번쩍이며 돌아갔다.

더 럼블의 톰슨에게 제약 조건을 풀어달라고 말한 게 벌써 1년이 넘어가고 있었으나 확실한 답변이 돌아오지 않고 있는 실정이었다.

병역에 관한 규정이 그만큼 풀기 어렵다는 뜻이었다.

그랬기에 최강철은 대통령의 웃음에 기대어 작정한 듯 입을 열었다.

"하지만 제약 조건이 있습니다."

"제약 조건이라니, 그게 뭔가?"

"아시안게임에서 금메달을 따면 병역은 면제되나 아마추어 복싱으로 5년간 봉사해야 된다는 규정이 있습니다. 저는 지금이라도 당장 미국으로 건너가 싸우고 싶지만 그 규정 때문에 움직이지 못하는 실정입니다."

"허어, 그런 게 있었어? 어이, 비서실장!"

"예, 각하."

대통령이 부르자 비서실장 장세동이 급하게 다가왔다.

그는 얼굴이 슬쩍 굳어져 있었는데 최강철을 잠시 노려보는 것을 잊지 않았다.

하지만 장세동의 얼굴은 금방 부드럽게 변하며 대통령을 향해 돌아갔다.

"국가를 위해 헌신한 영웅들한테 왜 그런 제약 조건이 있는 건가?"

"저도 잘 모르고 있던 내용이었습니다. 즉시 확인해 보겠습니다."

"즉시 해결해. 말도 안 되는 족쇄로 젊은 친구들을 묶어놓는다는 게 말이 되냔 말이야. 참, 어이가 없구만."

"알겠습니다, 각하. 관계 기관에 즉시 시달해서 해결하도록 하겠습니다."

확실히 전두환은 통이 컸다.

세계 선수권대회 때와는 달리 금메달을 딴 선수들에게 200만 원이란 거액의 포상금을 내렸다.

하지만 들어온 돈은 그게 전부가 아니었다.

각종 격려금과 포상금이 지급되었는데 전부 합하자 1,800만 원이나 되었다.

전두환이 먼저 인심을 썼기 때문에 관련 단체에서 울며 겨자 먹기로 내놓은 돈이었다.

다시 살게 된 삶에서 처음으로 통장을 개설해 돈을 저축했다.

아버지에게 이 돈을 주지 않은 이유는 아버지를 믿지 못했기 때문이다.

돈은 써보지 않은 사람에게 독약이 되고 슬픔과 고통을 준다는 걸 너무나 잘 안다.

큰형과 둘째 형은 이것보다 적은 돈을 가지고 싸우다가 부모님과 가족들의 품을 떠난 후 더 이상 돌아오지 않았다.

그것을 막고 싶었다.

아버지는 너무 착해서 맺고 끊는 게 부족했고, 사람들에게 쉽게 속을 정도로 세상 물정을 모르는 분이었다.

학력고사 성적이 발표 난 것은 12월 중순 무렵이었다.

그가 받아 든 성적은 338점이었다.

340점 만점이었으니 2개가 틀렸는데 국어와 영어가 각각 1문제씩이었다.

몰라서 틀린 것이 아니라 고의로 틀린 것이었다.

만점을 받게 되면 사회의 관심이 한 몸에 쏠릴 테니 미리 방지할 필요가 있었다.

자신은 매스컴의 주목을 받으면 안 된다. 복싱으로 성공하기 위한 계획이 공부로 인해 방해받은 것을 원치 않았다.

그것만으로도 학교는 난리가 났다.

정문고 역사상 최고점을 획득한 최강철의 성적은 선생들이 그토록 원하던 서울대 어느 학과라도 갈수 있는 성적이었기 때문이다.

　　　　*　　　　　*　　　　　*

"성일아, 우리 술 한잔할까?"

"얼씨구. 이 자식아, 술도 못 마시는 놈이 무슨 술을 마시자고 그래. 농담이지?"

"농담 아니야, 인마. 오늘따라 술이 당겨서 그래."

"하이고, 해가 서쪽에서 뜨겠네."

서울대 경영학과에 들러 입시 원서를 낸 최강철은 따라온 이성일과 함께 오랜만에 종로 거리를 거닐다가 불쑥 술을 마시자는 제안을 했다.

그 제안에 이성일이 하품을 흘려냈다.

무려 6년을 사귀었지만 그는 최강철이 술 마시는 걸 본 적이 없기 때문이었다.

"정말 마실 거야?"

"저기 들어가자. 맥주 한잔해. 너한테 할 말이 있어서 그래."

"뭔데?"

이성일의 눈이 토끼처럼 커졌다.

사람이 안 하던 짓을 하면 곧 죽는다는데, 갑자기 최강철이 이상한 짓을 하자 그의 눈이 금방 불안해졌다.

학력고사가 끝나면 고3들은 자유인이 된다.

술을 마셔도 학교에서는 참견하지 않았고 사회에서도 용인하는 분위기였기에 종로에는 청춘들로 넘쳐나고 있었다.

종로 한편에 있는 맥주집으로 들어가 자리를 잡고 생맥주와 마른안주를 시켰다.

맥주집은 청춘들로 바글거리는 중이었다.

맥주가 나오자 최강철은 넋을 잃고 자신을 바라보는 이성일의 잔에 맥주잔을 부딪친 후, 길게 한 모금을 목구멍으로 흘려보냈다.

"마셔!"

"아, 정말 미치겠네. 너, 이 자식. 문영이란 애 때문에 그러냐?"

"여기서 걔가 왜 나와?"

"태릉선수촌에서도 그렇고 뉴델리에 가서도 친하게 지냈다며. 왜, 걔가 연락을 안 받아?"

"인마, 걔는 내가 찼어. 내가 연락하지 말라고 그랬다."

"거짓말!"

"정말이야."

사실이다.

대회 폐막식 날 최강철은 웃으며 다가온 그녀를 향해 마지막 인사를 했다.

애초부터 사귈 생각이 없었으니 그녀에게 미련을 남기지 않는 것이 맞다고 생각했기 때문이다.

"예뻤다며?"

"예뻤지."

"그런데 왜 그런 미친 짓을 했어?"

"착해서."

"착해서?"

"그래, 착한 애를 울리면 안 되잖아."

"당최 무슨 소린지 모르겠네. 이 자식아, 예쁜데 거기다 착하기까지 하면 좋은 거잖아."

"그건 좋은 게 아니야. 예쁘고 안 착해야 내가 부담스럽지 않다."

"하아, 미치겠구만."

이성일이 답답한 듯 맥주를 벌컥벌컥 마셨다.

하긴, 답답하기도 할 것이다.

놈의 기준에서는 이문영 같은 여자가 최상의 조건을 가진 여자였을 테니까.

하지만 새로운 삶을 사는 나에게는 그렇지 않다.

"그건 그렇고, 성일아, 우리 미국 가자."

"미국엔 왜. 여행 가자는 거야?"

"내가 말했잖아. 난 미국에 가서 복싱을 하겠다고. 난 네가 같이 가면 좋겠는데 네 생각은 어때?"

"얼씨구. 학교는 어쩌고, 인마."

"나는 입학하면 바로 휴학계를 낼 거야. 너도 그러면 안 되겠냐?"

빤히 쳐다보며 묻자 이성일의 눈이 금방 차분하게 가라앉았

다. 그는 비록 삼류 대학이지만 원서를 냈고 미달이라 합격이
보장된 상태였다.

"내가 거길 가면 뭐 해. 설마 네 말동무나 돼 달라는 건 아
니지?"

"넌 내 트레이너다. 돈을 받고 나와 같이 싸우는 거야."

"난 복싱도 잘 모르잖아."

"그러니까 열심히 공부해야지. 세계 최고 복서의 트레이너
를 하는데 그 정도 노력도 없이 공짜로 놀고먹을 생각했어?"

"음……."

이성일의 입에서 무거운 신음 소리가 흘러나왔다.

전혀 뜻밖의 제안이었으니 충분히 그럴 만도 했다. 미국이
어디 옆 동네도 아니고 영어조차 못하는 그가 쉽게 대답하지
못하는 것은 당연한 일이었다.

그랬기에 최강철은 심각해진 그를 보고 빙그레 웃었다.

"당장 대답하라는 건 아냐. 생각해 보고 말해. 난 네가 어
떤 선택을 해도 받아들일 테니까."

"가자."

"뭐라고?"

"간다고, 이 새끼야. 친구 놈이 가자는데 내가 어딜 못 가겠
냐? 좆도 가자. 죽이 되든 밥이 되든 가보지, 뭐. 트레이너가
별거겠어? 그게 설마 수학 공식 푸는 것보다 더 어렵겠냐?"

"정말이냐?"

"내가 영어를 못해서 힘들겠지만 네가 없어서 심심한 것보다는 낫겠지. 난 너 없으면 못 살아. 그러니까 같이 가자고!"

*　　　　*　　　　*

톰슨이 불쑥 찾아온 것은 입시 결과 발표가 일주일 앞으로 다가왔을 때였다.

헐레벌떡 달려온 그의 얼굴은 만면에 웃음이 잔뜩 들어 있었다.

"미스터 최, 자네의 병역 제한 조건이 풀렸네. 일주일 전에 우리 쪽으로 통보가 왔더구만. 이제 미스터 최는 자유의 몸이 되었어."

"수고하셨습니다."

"우리가 돈을 많이 썼네. 힘깨나 쓴다는 놈들한테 들어간 돈만 해도 만 달러는 될 거야."

톰슨이 어깨를 으쓱하며 잘난 체를 하자 최강철이 빙그레 웃어주었다.

그는 자신을 아직도 어리숙한 고등학생으로 아는 모양이었다.

럼블이 미친 짓을 하지 않았어도 대통령이 나섰으니 자연스럽게 풀릴 일이었다.

나는 새도 떨어뜨리는 대통령의 힘으로 제약 조건 정도 푸는 건 일도 아니었을 테니 말이다.

"그래서 말인데, 우리는 이제 자네와 계약을 하고 싶네. 모든 것이 해결되었으니 이제 마무리를 지어야 하지 않겠나?"

"좋습니다. 하지만 먼저 계약 조건을 봐야 하겠습니다."

사업의 기본은 계약서다.

계약서는 차후에 발생할 수 있는 모든 일에 대해 해결사 역할을 해줄 뿐만 아니라 자신의 가치를 높여주는 보증서이기도 했다.

더 럼블에서 제시한 계약금은 십만 달러. 우리나라 현재 가치로 거의 칠천만 원에 가까운 거액이었다.

5년 계약에 데뷔전의 대전료는 만 달러였고, 게임을 이겨 나갈수록 50%씩 증가해 나간다는 조건이었는데 상한액은 삼십만 달러였다.

대신 지면 동일한 조건으로 깎인다. 철저한 탑앤 업다운 방식으로 철저하게 능력에 따라 대전료를 책정하는 것이었다.

물론 챔피언에 올랐을 때는 별도 계약을 통해 대전료를 산정하는데 주변 여건과 흥행성을 감안한다는 조건이 적혀 있었다.

최강철은 계약서의 내용을 꼼꼼히 읽어보며 고개를 들지

않았다.

좋은 조건이다.

극동에서 내민 조건을 생각한다면 아무리 세계 선수권대회 우승자라 해도 터무니없이 좋은 조건이었다.

하지만 그는 한참 동안 계약서를 바라본 후 천천히 고개를 들고 톰슨을 바라봤다.

"이것이 내게 줄 수 있는 최상의 조건입니까?"

"미스터 최, 우리는 자네를 더 럼블의 미래라고 생각해서 최상의 조건을 제시했네. 뭐가 부족한 점이 있단 말인가?"

"나는 5년이란 장기 계약은 싫습니다. 3년으로 하시죠. 대신 그 기간 동안 일 년에 최소 5번을 싸우겠습니다. 어떻습니까?"

"음… 받아들이지. 하지만 재계약할 때의 우선권은 우리가 갖겠네."

"또 한 가지, 나는 코치 둘을 데려갈 생각입니다. 내 전담 코치로 그들을 써주시면 좋겠습니다."

"누굴 말하는 것인가?"

"나를 지금까지 가르쳤던 윤성호 관장과 이성일 코칩니다."

"미국에는 자네를 세계 최고로 만들어줄 트레이너들이 있어. 그런 사람들을 마다하고 그 사람들과 함께하겠다는 말인가? 말도 안 되는 소릴세."

"선수를 강하게 만드는 것은 마음에 맞는 트레이너들이 함께할 때입니다. 그 두 사람은 나에게 목숨처럼 소중한 사람들이니 자격은 충분합니다."

"허, 그것참. 자네 생각이 정 그렇다면 윗선과 상의해 보겠네."

"그들과 함께 살 집까지 마련해 주면 고맙겠습니다. 방금 내가 말한 조건들이 모두 충족된다면 그때 도장을 찍는 걸로 하죠."

톰슨이 계약서를 뜯어고쳐서 가져온 것은 그다음 날이었다.

원했던 내용이 그대로 들어 있었기에 최강철은 두말없이 계약서에 사인을 했다.

급했던 것일까.

더 럼블 쪽에서 계약금이 들어온 것은 계약서에 사인을 한지 이틀이 지난 후였다.

그야말로 총알같이 빠른 조치였는데 럼블 측에서는 최강철을 혹시라도 놓칠까 봐 전전긍긍하고 있었던 모양이다.

통장에 들어온 돈을 바라보며 최강철은 한숨을 길게 내리쉬었다.

계약금과 포상금으로 받은 금액을 합하자 무려 8천 5백만 원이나 되었으니 상당한 거금이었다.

하지만 그의 한숨에 깔려 있는 무거움은 기쁨으로 인한 것이 아니었다.

이 돈의 용도는 이미 정해져 있었기 때문이다.

*   *   *

서울대 합격 발표 날이 다가오자 가족들은 초긴장 상태로 빠져들었다.

학교에서는 당연히 합격할 것으로 예상하고 있었으나 대학, 특히 천재들만 응시한다는 서울대라는 특수성 때문에 최강철의 성적이 더없이 좋다는 것을 알면서도 가족들은 긴장감을 숨기지 못했다.

어머니가 따라나섰다.

어딜 가는 걸 극히 싫어하는 분이셨으나 아들의 삶에서 가장 중요한 순간을 놓치고 싶지 않았던 모양이다.

막내 누나 최강숙도 회사에 휴가를 낸 채 채비를 했고 이성일은 벌써부터 도착해서 기다리는 중이었다.

네 명이 한 몸처럼 택시를 타고 서울대로 향했다.

"여그가 서울대냐?"

"예, 엄마."

"아이구, 엄청 크네. 내가 말이여. 살아생전 서울대를 구경할 줄은 몰랐구면."

"엄마, 나도 그래. 우리 강철이 아니면 서울대를 구경이나 했겠어요? 다 잘난 우리 동생 덕분이야."

서울대 정문을 보며 어머니와 누나가 도란거리며 웃었다.

하지만 여전히 얼굴은 긴장으로 인해 굳어져 있었다.

사람들을 따라 정문을 통과해서 길게 뻗어 있는 도로를 걸어 올라갔다.

사람들의 행렬.

자신의 운명을 결정짓는 오늘을 위해 부단히 노력했던 학생들과 가족들의 표정은 비장하기까지 했다.

몰려 있는 사람들 틈을 비집고 어머니와 누나를 뒤에 남겨 둔 채 이성일과 함께 벽보가 붙어 있는 게시판으로 다가갔다.

뻔한 결과였으나 벽보에서 자신의 수험표를 확인한 순간 웃음이 흘러나왔다.

"만세, 강철아 축하한다!"

"축하는 무슨. 인마, 창피해. 놓고 말해."

합격을 확인한 이성일이 방방 뜨면서 끌어안자 최강철은 질색을 하면서 뒤로 물러났다.

그런 후 어머니가 계신 곳으로 다가갔다.

어머니와 누나는 다가오는 최강철을 불안한 시선으로 바라보며 결과를 기다리고 있었다.

"엄마, 나 합격했어요."

"정말이여?"

"예. 경영학과 수석 합격이에요."

"아이고야, 우리 아덜! 잘했다, 잘했어. 우리 아덜 만세다."

"강철아, 축하해! 우리 동생, 정말 축하해."

어머니와 누나가 최강철을 끌어안고 펄쩍펄쩍 뛰었다.

오늘도 우신다.

어머니는 기뻐도 슬퍼도 마냥 울기만 하신다.

하지만 막내 누나는 그렇지 않았다.

"강철아, 여기서 잠깐 기다려 봐! 아버지한테 전화하고 올게. 큰오빠랑 큰언니, 둘째 언니도 기다리고 있을 거야. 너 합격되면 빨리 전화 달라고 했거든."

최강철은 자신의 몸을 끌어안고 있는 어머니의 어깨에 팔을 올려 감싸 안은 채 사람들의 모습을 바라봤다.

기쁨으로 인해 가족들과 웃고 있는 사람들이 있었고 눈물을 흘린 채 서럽게 우는 아들을 달래느라 힘들어하는 사람들의 모습도 보였다.

웃음과 눈물.

모든 것은 인생사의 한 장면에서 본다면 종이 한 장 차이밖에 되지 않는 것이었으나 사람들은 그 결과에 따라 웃음과 눈물을 흘려낸다.

사내가 다가온 것은 어머니가 합격 기념으로 최강철이 좋아하는 불고기를 만들어주겠다고 말씀하실 때였다.

"최강철 선수, 나 알죠?"

안다.

여러 번 인터뷰를 했고, 줄곧 따라다니며 자신의 일거수일투족을 기사로 썼던 사람이었으니 모를 리 없다.

스포츠서울의 김도환 기자였다.

"여긴 어쩐 일로 오셨습니까?"

"소문을 듣고 왔지. 나는 자네에 관한 일이라면 어디든 쫓아갈 준비가 되어 있거든."

"고생하시는군요."

"정말 대단하구만. 나는 소문을 듣고 정말 놀랐네. 자네가 공부를 잘한다는 사실은 이미 알고 있었지만 서울대를 합격하다니, 그것도 경영학과에. 국민들이 알면 깜짝 놀랄 거야."

그의 눈에 들어 있는 것은 진심 어린 감탄이었다.

어쩌면 당연한 일이다.

최강철이 누구란 말인가.

각종 국제 대회를 휩쓸며 복싱판을 뒤엎어 버린 풍운아였다.

사람들은 단순하게 생각할지 모르나 그런 결과를 얻기 위해서는 각고의 노력과 훈련이 수반되어야 한다는 걸 그는 너무나 잘 알고 있었다.

그런 와중에 순수한 실력으로 서울대에 합격했으니 이건 완전히 특종감이다.

더군다나 그가 확인한 최강철의 학력고사 점수는 338점이었다.

만점에서 단 두 문제만 틀렸다는 이야기다.

"쓰실 건가요?"

"당연히 써야 되지 않겠나. 링의 풍운아가 꾸준히 공부해서 서울대에 합격했다는 사실을 안다면 사람들은 놀라 자빠질 걸세."

"제가 원하지 않아도 쓰실 생각입니까?"

"자네가 왜? 이처럼 좋은 일을 왜 쓰지 말라는 건가. 말도 안 되는 소리구만."

"그냥 제가 원하지 않습니다. 그러니 쓰지 말아주세요."

"이건 특종이라고!"

"김 기자님, 다음부터 제 얘기 안 쓰실 생각이십니까? 저 삐지면 오래 가는 놈입니다."

"하아, 이 사람아. 이것 때문에 내가 얼마나 고생했는데 그래. 나쁜 일도 아닌데 도대체 왜 그러는 건가?"

"대신 정말 특종 하나 줄게요."

"특종? 뭔데?"

최강철이 불쑥 말을 꺼내자 김도환의 눈이 백열등처럼 반짝거렸다.

그로서는 서울대에 입학한 것이 엄청난 특종거리를 잡은 것이었지만 은근하게 협박하는 최강철의 말을 듣자 마음이 찜찜했다. 한데 갑자기 진짜 특종 이야기가 나오자 긴장감이 확 몰려왔다.

"저는 3월 달에 미국으로 넘어갑니다. 돈 킹이 운영하는 더 럼블과 계약이 되었어요."

"헉, 그 말이 정말인가! 언제 계약했는데?"

"일주일 전에 했습니다."

"계약 조건은?"

"그건 비밀입니다. 더 럼블에서 강하게 요청했거든요. 원래 사업이란 게 그런 거잖아요."

"허이구……."

"기사로 쓸 때 그냥 좋은 조건이라고만 하세요. 더 럼블에서 최강철의 장래성을 높이 평가하고 스카우트했다는 정도로만 써도 특종감으로는 부족하지 않을 겁니다."

"아이고, 알았네. 그래도 기사로 쓸려면 조금 더 자료가 필요하니까 몇 가지만 더 묻자고. 그래도 되지?"

"그러세요. 대신 서울대 이야기는 빼는 겁니다."

"알았다니까!"

*   *   *

최우용은 멍하니 앉아 전화기를 바라보고 있었다.

도로를 유지하는 토목광구는 겨울이 되면 조금 한가해진다.

보수 공사가 겨울철에는 쉬었기 때문에 제설 작업을 위해 대기하는 것이 고작이었다.

그러나 오늘은 눈발이 서서히 날리고 있어 어쩌면 밤새도록 작업을 해야 될지도 모른다.

벌써 이 일을 한 지도 30년이 넘었다.

청주에서 공사판을 전전하다가 운전을 배운 후 무작정 상경해서 운 좋게 평생 직업을 잡았으니 그로서는 행운이었다.

매년 계약을 새로 했으나 특별한 하자 없이 성실하게 일해 온 덕에 나이가 58살이 된 지금까지 버텨올 수 있었다.

이제 이 일도 2년 후면 정년이다.

기준에 60살이 되면 계약직들도 정년 처리가 되면서 더 이상 일을 할 수 없었다.

운전원들의 꿈은 개인택시를 하는 것이었지만 그 꿈을 이

룬 사람은 드물었다.

택시를 살 수 있는 여유도 없을 뿐만 아니라 면허를 받는 것조차 극히 어렵기 때문이다.

두렵다. 아직 막내아들의 학비와 결혼 안 한 자식들의 혼수 비용조차 마련하지 못한 상황에서 더 이상 일하지 못하는 상황이 닥쳐온다는 게 너무나 두려웠다.

그럼에도 그는 오늘 사무실에 출근해서 안절부절못하며 전화기에 시선을 둔 채 움직이지 않았다.

혹시라도 자리를 비웠을 때 전화가 온다면 큰 낭패였다.

아들의 합격 발표가 바로 오늘이었기 때문이다.

아들은 복싱으로 세계를 제패하면서도 공부를 잘해 누구나 가고 싶어 하는 서울대에 응시했다.

점수가 워낙 좋아서 합격할 거라 예상했지만 긴장으로 연신 침을 삼키며 전화를 기다렸다.

합격만 한다면 막노동을 해서라도 아들의 뒷바라지를 해줄 작정이었다.

너무나 자랑스럽다.

아들을 볼 때마다 모든 것이 꿈만 같았고 이런 아들을 준 하느님께 절이라도 하고 싶은 심정이었다.

따르릉!

전화벨이 울리자 최우용의 가슴이 쿵 내려앉았다.

사무실에 전화는 단 두 대뿐이다.

저승사자인 김 주사 자리와 사무실 경리와 잡무를 도맡아서 보는 여직원 자리였다.

전화는 김 주사 자리에서 울렸는데 마침 자리를 비웠기 때문에 최우용은 부리나케 뛰어가 전화기를 들어 올렸다.

출동 대기를 하고 있던 운전원들과 작업원들의 눈이 한꺼번에 쏠렸다.

그들 역시 최강철이 서울대에 응시했다는 것과 오늘이 발표 날이라는 걸 알고 있었다.

"여보세유."

―아버지?

"강순이냐?"

―아버지, 강철이가 합격했어요! 서울대 경영학과 수석이래요.

"아이고, 그것이 정말이여?"

―그럼요. 아버지, 축하드려요.

"그려그려. 지금 강철이는 어디 있는 겨?"

―엄마랑 같이 있어요. 조금 이따가 집으로 갈 거예요. 오늘은 좋은 날이니까 일찍 들어오세요. 엄마가 불고기 해놓는다고 그랬어요.

"저그… 그기 어떻게 될지 모르겠다. 오늘 눈이 온다고 해서 말이여……."

홍분해서 떠드는 딸의 목소리가 아련하게 들렸다.

그리고 자신의 목소리도 대답을 하고 있었지만 하늘에 붕 뜬 것처럼 어지러웠다.

전화기를 내려놓은 후 한동안 움직일 수 없었다.

이놈이 또 장한 일을 해내고 말았구나. 우리 아덜눔이.

"어찌 된 겨?"

최우용이 전화기를 내려놓고 가만히 서 있자 옆에서 기다리던 박 반장이 불안한 목소리로 물어왔다.

그의 태도에서 뭔가 석연치 않은 기운을 느꼈기 때문이다.

하지만 돌아온 대답은 전혀 다른 것이었다.

"반장님, 우리 아들눔이 서울대에 합격했다는구먼. 그것도 경영학과 수석 합격이라네."

"아이고, 시상에! 정말이여?"

"지금 전화 왔잖어."

"그런데 왜 그러고 있어? 그러면 춤이라도 춰야지. 난 깜짝 놀랬잖어. 잘못된 줄 알고. 여보게들, 최 씨 아들 강철이가 서울대에 합격했다네! 그것도 수석 합격이라는구먼!"

두 사람의 대화를 동료들은 다 듣고 있었다.

그럼에도 박 반장은 호탕하게 웃으면 다시 한번 크게 최강철의 합격 소식을 전했다.

그러나 이미 직원들은 벌 떼처럼 일어나 최우용을 향해 다가오고 있는 중이었기에 그의 너스레는 빛을 잃었다.

"축하해요, 최 씨 아저씨. 올해 복이 터졌네요, 복이 터졌어."

"도대체 전생에 얼매나 착한 일을 했길래 그런 아들을 얻은 거여? 정말 부러워죽겠네요."

"술 사야 돼, 밥도 사고. 알았지?"

"그럼유, 사야죠. 허허… 아주 코가 삐뚤어지게 사지, 뭐. 집이라도 팔 테니께 걱정하지 마러."

최우용의 얼굴에서 뒤늦게 햇살처럼 밝은 웃음이 흘렀다.

현실.

아들이 서울대에 입학했다는 현실이 뒤늦게 그의 가슴을 벅차게 만들고 있었다.

합격 발표가 난 후 이모들을 비롯해서 친척들의 축하 전화가 줄을 이었고, 학교에서는 교장 선생님과 담임선생님이 직접 집까지 찾아와 어머니를 만나 축하 인사를 건넸다.

학교 정문에는 또다시 현수막이 내걸렸다.

역사상 처음으로 서울대생을 배출한 이사장은 최강철의 입학금 전액을 내놓았고 학부모회에서도 장학금을 주었다.

4학년 전액 장학생으로 합격했기 때문에 학비가 필요 없었으나 사람들은 그가 서울대에 들어가 준 것만 가지고도 앞다 퉈 돈을 들고 왔다.

최강철은 그 돈을 받아 어머니께 드렸다.

통장에 들어 있는 돈에 비한다면 아무것도 아니었으나 어머니에게는 엄청 큰돈이었다.

"너두 써야지. 강철아, 여그 이건 네 용돈으로 써."

어머니가 학부모회에서 준 장학금 20만 원을 슬그머니 내밀었다.

언제나 돈이 아쉬웠음에도 어머니는 그에게 들어온 돈을 전부 받는다는 게 미안했던 모양이다.

그러나 최강철은 어머니가 내민 봉투에서 3만 원을 꺼내고 다시 돌려 드렸다.

"이거면 됩니다. 저는 쓸 데가 별로 없어요."

봉투를 받으시는 어머니의 시선에는 미안함이 가득 담겼지만 최강철은 시선을 마주치지 않았다.

아직 부모님은 그가 더 럼블과 계약했다는 것을 모르고 있었다.

아들이 복싱 하는 걸 극도로 싫어하는 어머니는 자신이 곧 다가올 3월에 미국으로 건너간다는 사실을 알게 된다면 기절할지도 몰랐다.

이제 시간이 얼마 남지 않았다.

그사이 모든 것을 정리하고 떠날 준비를 해야 되니 서두를 필요가 있었다.

집을 나와 버스를 타고 압구정동으로 향했다.

통장에 들어 있는 돈으로 집을 살 생각이었다.

그도 안다.

이 돈으로 지금 한창 개발 중인 잠실 땅을 산다면 엄청난 돈을 벌 수 있다는 걸 알지만 그것보다 더 중요한 것은 가족들이 편하게 쉴 수 있는 집을 사는 것이었다.

무작정 가장 커다란 부동산을 향해 들어갔다. 지금은 복덕방이라 적혀 있었는데 압구정동이라 그런지 40대 중년 남자가 자리를 차지한 채 손님들과 이야기를 나누는 중이었다.

"학생, 어쩐 일로 왔어?"

못 알아본다.

신문과 방송에서 제법 얼굴이 팔렸지만 링 위에 있을 때와 사복을 입고 나왔을 때를 구별하기는 쉽지 않았을 것이다.

"집을 사려고 왔습니다."

"학생이?"

"그렇습니다."

"어허, 이 사람. 자네, 지금 농담하는 거야?"

"저분들 마저 상담하시죠. 그런 후 대화를 나눴으면 합니다."

"그것참 별일이네. 일단 거기 앉아 있어."

기다리는 시간은 길지 않았다.

상담하고 있던 사람들은 조건에 맞는 집이 없었던지 금방 자리에서 일어났다.

중년 사내가 다가온 것은 손님들이 문을 나서고 난 후였다.

"자네, 학생 맞지?"

"대학생입니다."

"허허… 그래, 월세를 구하는 건가?"

"제가 분명히 말씀드렸을 텐데요. 저는 집을 사려고 왔습니다."

"여기가 어딘지 알고 온 건가? 여긴 압구정동이야!"

"압니다. 그래서 온 거니까요. 단도직입적으로 묻겠습니다. 여기 현대아파트 시세가 얼마나 됩니까?"

눈빛을 세운 최강철의 시선을 마주한 중개업자의 눈이 그때서야 서서히 가라앉기 시작했다.

그동안 그의 눈은 장난하는 어린아이를 혼내는 것처럼 바짝 날이 서 있었다.

"정말 살 생각인 모양이구만."

"그렇다고 했을 텐데요."

"현대아파트는 꽤 비싸. 한강이 보이는 곳은 훨씬 더 하고. 자네, 얼마 정도를 예상하고 있나?"

"6천 정도 있습니다."

"에이, 이 사람아. 그것 가지고는 턱도 없어. 현대아파트는 최소 1억은 줘야 해."

"그렇습니까?"

기가 막힌 일이다.

1983년도에 이미 현대아파트의 가격이 이 정도로 비쌀 줄은 꿈에도 생각하지 못했다.

이왕 사는 거 나중에 가장 많이 오를 아파트를 생각했는데 생각보다 너무 비쌌다.

"그럼 그 돈으로 살 수 있는 곳은 어디가 있죠?"

"어디 보자, 강북도 괜찮은 데는 어렵겠고. 대치동에 새로 지은 아파트가 있는데 자네가 말하는 돈하고 시세가 비슷하구만."

"무슨 아파트죠?"

"은마아파트. 위치가 좋지 않아서 그런가 아직 거기는 가격이 오르지 않았어. 어떤가, 볼 생각이 있나?"

*   *   *

최강철은 은마아파트에 들어서면서 눈을 부릅떴다.

대단지다. 28개동으로 구성된 아파트 단지는 끝이 보이지 않을 정도였다.

부동산에서는 여러 채의 매물을 가지고 있었으나 최강철은 단지를 한 바퀴 주욱 돌아본 후 중앙에 설치되어 있는 공원과 가장 가까운 아파트를 선택했다.

"자네 눈썰미가 좋구만."

"그런가요?"

"이 아파트에서 가장 좋은 곳이지. 그래서 다른 동보다 조금 더 비싸고."

"방 구조를 봤으면 좋겠는데요."

"그래야지. 그런데 정말 살 생각인가?"

중개업자가 똑같은 말을 반복했다. 그는 아직도 어린 최강철이 집을 산다는 게 믿어지지 않는 모양이었다.

사람이 살고 있는 아파트였다.

지은 지 얼마 안 된 것도 있겠지만 집주인이 의사라더니 집 안이 깨끗하게 꾸며진 집이었다.

지금 그가 살고 있는 파란 대문 집에 비한다면 궁궐처럼 크고 아름다운 집이었다.

"다른 데는 안 보고?"

"이 집이 마음에 듭니다. 얼마죠?"

"여긴 5천 7백만 원이네. 집주인이 한 푼도 깎을 수 없다고 못을 박은 집일세. 다른 집은 얼마간 흥정이 될 수도 있어. 그러니까 잘 생각해."

"괜찮습니다. 제가 사겠습니다."

"허허, 젊은 사람이 화통하구먼."

중개업자의 얼굴에는 최강철에 대한 칭찬보다 어리석음에 대한 비웃음이 담겨 있었다.

아마 그는 젊은 나이에 집을 사겠다고 덤비는 이 청년이 재벌집 막내아들 정도 되는 것이라 생각할 수도 있을 것이다.

서울에서도 위치가 좋지 않아 집값이 오르지 않고 있는 이 아파트를 덥석 무는 걸 보면 세상 물정 모른다고 판단했겠지.

하지만 그는 모르는 것이 있다. 이 아파트가 머지않은 장래에 수십 배 뛰어오른다는 사실을 말이다.

최강철은 그 날 곧바로 은행에서 돈을 찾아 계약금을 치렀다.

예전의 삶이었다면 이리 재고 저리 재며 시간을 보냈겠지만 그는 단호하게 모든 것을 일사천리로 진행시켰다.

아버지의 명의가 아니라 그의 명의였다.

그 작은 집을 가지고도 군대에서 사고 친 후 돌아온 둘째 형은 재산 때문에 큰형과 칼부림을 했었다.

이제 다시는 그런 빌미를 만들지 않을 것이다.

이사 날짜는 한 달 후였으니 아직 시간은 충분했다. 하지만 먼저 부모님께 말씀드리는 것이 필요했다.

부모님과 누나들은 자신이 한 일을 알게 되면 기절을 할지도 몰랐다.

저녁을 먹고 가족들이 모두 모인 자리에서 최강철은 천천히 입을 열었다.

이제 일을 저질렀으니 더 이상 숨길 이유도, 시간적 여유도 없었다.

"아버지, 드릴 말씀이 있습니다."

"뭔데 그랴?"

잠시 말을 끊고 아버지와 가족들의 얼굴을 한 번씩 확인했다.

가족들은 갑자기 정색을 하고 최강철이 입을 열자 궁금한 표정을 짓고 있었는데, 이젠 그가 어떤 말을 해도 화낼 것 같지 않은 얼굴들이었다.

"우리 이사 가요."

"무신 이사?"

"제가 오늘 집을 샀습니다. 강남에 있는 대치동 은마아파트예요."

"야가 지금 무슨 소릴 하는 겨? 난 뭔 소린지 도통 모르겠네."

"아시안게임에서 우승했더니 포상금이 꽤 나왔어요. 그리고… 제가 프로로 데뷔하려고 계약을 했습니다. 그래서 포상금과 계약금을 합해 집을 샀어요."

폭탄선언이다.

그러나 가족들에게는 황당한 이야기로 들렸을 것이다.

복싱으로 얼마나 번다고 집을 산단 말인가. 더군다나 서울
대에 합격했기 때문에 가족들은 최강철이 더 이상 복싱을 하
지 않을 거라 생각하고 있었다.

그랬기에 둘째 누나 최강희가 비실비실 웃으며 농을 걸어왔
다.

"강철아, 만우절 되려면 멀었다. 얘가 서울대 들어가더니 거
짓말만 늘었네."

"글쎄 말이야. 최강철, 너 자꾸 그러면 콧구멍에 하얀 털
나."

막내 누나까지 거들었다.

하지만 그녀들의 얼굴에서는 금방 웃음기가 사라졌다. 최강
철이 굳은 얼굴로 그녀들의 웃음을 받아주지 않았기 때문이
다.

"누나들, 정말이야. 한 달 후에 이사를 해야 해. 아버지,
34평 아파트예요. 우리 식구 살기에 충분할 정도로 큰 집입
니다."

"너, 그게 정말이여?"

"제가 뭐 하러 거짓말을 하겠어요. 정말입니다. 여기 계약서

가 있으니까 보세요."

최강철이 계약서를 꺼내 앞으로 내밀자 그때부터 가족들의 눈이 휘둥그레 변했다.

계약서에 적혀 있는 금액이 너무나 컸기 때문이었는데 가족들로서는 처음 보는 거액이었다.

너무 어이가 없어 기가 막혔기 때문일까.

가족들은 전부 계약서에 시선을 던진 채 아무 말도 못 하고 있었다.

"아버지, 한 달 후에 이사를 해야 되기 때문에 이 집을 내놓아야 됩니다. 시간이 없으니 서두르셔야 돼요."

"난 당최 이게 무슨 일인지……."

아직도 아버지는 정신을 차리지 못하고 있었다.

하지만 먼저 정신을 차리고 화를 내기 시작한 것은 어머니였다.

"도대체 이게 뭔일이네! 포상금은 그렇나 쳐도 계약금이 뭐여? 지금 잘난 서울대생이 복싱을 하겠다는 겨? 강철아, 너 정말 엄마 죽는 꼴 보고 싶어!"

"엄마."

"이거 도로 갖다줘. 내가 몇 번이고 말했잖어? 지발 정신 좀 차려, 이눔아!"

"이미 늦었어요. 내가 받은 계약금을 돌려주려면 이 돈의 두 배를 줘야 한단 말이에요. 엄마, 학교는 나중에 꼭 복학해서 공부할 테니 걱정하지 마세요."

"지금 학교 안 댕기고 정말로 복싱을 하겠다는 겨? 그게 말이 되냐, 이 미친놈아!"

사실을 말하면 난리가 날 거라고 예상은 했지만 어머니의 분노는 생각보다 훨씬 컸다.

오랜 시간 앉아서 설득했으나 결국 어머니는 머리를 싸매고 누워 더 이상 최강철을 쳐다보지 않았다.

어머니는 착한 분이셨지만 한번 고집을 피우면 절대 꺾지 않기로 유명했다.

그랬기에 미국으로 가야 한다는 말은 아예 꺼내지도 못했다.

대신 아버지와 누나들에게 이사를 가야 하는 이유에 대해 거듭 설명해서 겨우겨우 허락을 받아냈다.

그다음부터는 일사천리로 일이 진행되었다.

비록 어머니가 울며불며 안 된다고 고함을 질렀으나 나머지 가족들이 행동으로 옮겨 나가자 혼자 힘으로는 아무것도 할 수 없었다.

집을 내놓았고 이사 갈 집에 들여놓을 세간살이를 전부 새것으로 장만했다.

가장 좋아한 것은 누나들이었다.

그동안 다 큰 처녀들이었음에도 방이 없어 함께 살았기 때문에 누나들은 시간이 갈수록 가슴 떨리는 설렘을 숨기지 못했다.

집안이 다시 폭풍에 휩싸인 것은 신문에서 그의 계약 소식이 터졌기 때문이다.

<링의 풍운아, 최강철. 세계 최고의 프로모션 돈 킹의 더 럼블과 계약>

뒤늦게 사실을 안 아버지와 누나들의 표정이 급격히 어두워졌다.

이제 20살에 불과한 아들이자 동생이 집안을 위해 이역만리 미국으로 건너가 싸워야 한다는 현실이 그들을 슬프게 만들었기 때문이다.

최상철은 불같이 화를 내는 아버지에게 무릎을 꿇고 사죄했다.

그러나 자신의 결정을 번복하겠다는 말은 절대 하지 않았다.

"아버지, 제가 떠난 다음 어머니를 잘 돌봐주세요. 오랜 시간은 걸리지 않을 거예요. 꼭 다시 돌아올 거니까 너무 걱정하지 마세요. 저는 아버지의 자랑스러운 아들이잖아요. 지금까지 잘해왔고 앞으로도 잘해 나갈 겁니다. 그러니 아버지, 제 결정을 믿고 지켜봐 주세요."

*   *   *

빠직!

신문을 구기는 안재만의 얼굴이 시뻘겋게 변했다.

스포츠서울에서 단독으로 보도한 오늘 날짜 신문에는 최강철의 계약 소식이 대문짝만 하게 실려 있기 때문이었다.

극동프로모션을 운영해 오면서 이런 경우는 처음이었다.

다 된 밥에 코가 빠졌다.

최강철이 아시안게임에서 금메달을 따는 순간부터 안재만은 본격적으로 움직여 대한이 최강철에게 접근하지 못하도록 손을 썼다.

프로 복싱에서 대한은 유일한 극동의 라이벌이었지만 동업자였기에 아마추어 삼두마차 중 두 명인 문성길과 김동길을 양보받고 두말없이 최강철을 포기했다.

대한이 포기한 이상 최강철은 그의 밥이 된 거나 마찬가지였다.

다른 중소 프로모션은 그의 말 한마디에 죽고 사는 것이 결정되었기 때문에 이제 최강철이 갈 수 있는 곳은 오로지 극동뿐이었다.

천천히 말려 죽일 생각이었다.

찢어지게 가난한 놈이 할 수 있는 건 복성밖에 없을 테니 제 발로 걸어와 살려달라고 애원하면 그때 슬쩍 헐값에 받아들일 생각이었다.

그런데 이런 일이 생겼으니 두 눈이 돌아가는 게 당연했다.

"야, 정 부장! 넌 이런 일이 있는 줄도 몰랐단 말이야!"

"죄송합니다, 회장님."

"이 새끼야, 죄송은 서부에나 가서 해. 이젠 어쩔 거야! 다 된 밥에 재가 왕창 쏟아졌으니 어쩔 거냐고! 우와, 미치겠네. 이 새끼 때문에 대한에 문성길과 김동길을 통째로 양보했는데 럼블로 튀었으니 우린 뭐냐. 우리가 닭 쫓던 개냐?"

한마디로 좆된 거지 뭐긴 뭐야.

고개를 팍 숙인 정기수가 입안에서 목구멍까지 나온 욕을 간신히 참났나.

'그러길래 씨발 놈아, 최선을 다해서 접근하자고 했잖아. 모든 일은 네가 다 저질러 놓고 왜 나한테 지랄이야!'

이 말을 하고 싶었다.

하지만 정기수는 시퍼런 눈으로 자신을 쏘아보는 안재만의 눈을 피한 채 시선을 마주치지 않았다.

어차피 여기서 개개 봐야 피를 보는 건 자신이었다.

안재만은 독한 놈이었다. 예전에 커다란 조직에서 놀았다더니 이렇게 화를 낼 때 보면 꼭 살모사처럼 눈빛이 변했다.

더 불안한 것은 여기서 안재만이 그냥 끝내지 않을 거란 생각 때문이었다.

그리고 그 예감은 정확하게 들어맞았다.

"흐흐… 나를 엿 먹였다, 이거지. 이 개새끼가……."

놈이 잔인하게 웃었다. 안재만이 이렇게 웃을 때는 뭔가 지독한 결정을 했다는 걸 의미하는 것이었다.

그리고 그 지독한 결정이 무엇인지 자신은 너무나 잘 알고 있었다.

"회장님, 최강철은 세계 선수권대회 우승자고 아시안게임도 제패한 놈입니다. 함부로 다루게 되면 우리를 의심할 수도 있습니다."

"크크크… 의심 한두 번 당해봐. 그래도 괜찮아. 빠져나갈 구멍은 수도 없이 많으니까. 나는 나한테 기어오른 놈을 절대 두고 보지 않는다. 그러니 쓸데없는 걱정하지 말고 네 일이나 잘해, 이 새끼야."

*   *   *

최강철은 기차에 몸을 싣고 구미로 향했다.

서울에서 구미까지는 기차로 6시간이나 걸릴 정도로 멀었다.

그가 구미에 간 것은 거기에 큰형이 살고 있었기 때문이다.

큰형은 국민학교조차 나오지 못했다. 워낙 가난한 집안의 장남이었고 형이 어렸을 적에는 학교를 가는 걸 사치라고 생각할 때라 배우는 걸 쉽게 포기했다고 들었다.

큰형과 그는 17살이나 차이가 난다.

지금도 생각해 보면 웃음이 나올 일이지만 최강철은 군대에서 제대하고 돌아온 큰형에게 누구냐고 물은 적이 있었다.

그때 큰형의 얼굴을 처음 봤기 때문이었다.

그가 사람을 알아보기 전 큰형은 한 입이라도 줄이기 위해 입대를 했으니 어쩌면 당연한 일인데 아직도 그 기억이 생생하다.

제대를 하고 집으로 돌아온 큰형은 막노동을 하면서 아버지를 도왔다.

아직 어린 동생들의 먹성은 대단했고 아버지의 벌이로는 집안 살림을 꾸려 나가기가 너무나 어려웠던 시절이다.

큰형은 착했다.

그럼에도 그가 부모님을 버린 것은 둘째 조카의 죽음으로 인한 충격과 울분으로 인해서였다.

돈이 없어서 아들을 죽여야만 했던 큰형의 심정은 모든 사람에게 증오심을 갖게 만들었을 것이다.

역에서 내려 큰형이 살고 있는 집으로 걸어갔다.

구미는 박정희 정권 시절 대규모 공단이 들어서면서 서울 못지않은 성세를 누리는 도시였다.

그러나 큰형이 사는 집은 더없이 초라했다.

공장에서 지게차를 운전하며 열심히 살았지만 아들의 병원비를 대느라 허리가 휘어졌기 때문에 지하 단칸방 신세를 면하지 못하고 있었다.

최강철이 문을 열고 들어서자 마당에서 빨래를 하고 있던 형수가 놀란 눈으로 바라보며 달려 나왔다.

형수도 착한 사람이었다. 하지만 가난이라는 지독한 놈이 결국 그녀를 독하고 차가운 사람으로 만들었을 뿐이다.

"아이고, 삼촌. 여긴 어쩐 일이야. 아즉 학교 안 갔어?"

"학교는 3월 달에 개학이에요. 아직 멀었어요."

"그럼 놀러온 거야?"

"그런 거죠. 조카들도 보고 싶고, 형 얼굴 좀 보려고요. 큰형 아직 안 왔어요?"

"이제 올 때 되었어. 일단 들어가요. 그러잖아도 아들놈들이 삼촌 보고 싶다고 매일같이 징징댔어."

형수의 손에 이끌려 방으로 들어서자 큰 조카 놈이 맨발로 달려 나왔다.

조카 놈들은 유독 그를 따랐는데 집에 올 때마다 조금도 떨어지지 않으려 할 정도였다.

큰조카를 들쳐 안고 안으로 들어서자 둘째 조카 놈이 누워 있다가 하얗게 질린 얼굴로 버둥거리며 일어나 기어왔다.

벌써 4살인데도 허약한 몸은 일어서기도 힘든 것 같았다.

큰형이 퇴근하고 집으로 돌아온 것은 아이들을 주기 위해 가져온 팽이를 가지고 놀아줄 때였다.

초췌한 얼굴. 삶의 지독한 고난이 큰형의 얼굴에 고스란히 담겨 있었다.

"왔냐?"

"예."

"오면 온다고 연락이나 하지 그랬어. 집안에 먹을 것도 없을 텐데."

"괜찮아요. 있는 거 그냥 먹으면 되죠."

아버지를 닮아 무뚝뚝한 형이 최강철의 어깨를 툭툭 두드려 준 후 씻으러 나갔다.

뒤돌아서서 나가는 큰형의 등이 좁아 보였다.

형수가 부랴부랴 준비한 저녁을 먹으며 큰형은 다시 한번 최강철이 서울대에 들어간 것을 칭찬했다.

큰형은 집안의 장남으로서 막냇동생이 서울대에 들어간 것을 진심으로 축하해 줬다.

상을 물리고 형수까지 방에 앉았을 때 최강철은 잠시 동안 형의 얼굴을 바라보다가 가져온 통장을 앞으로 내밀었다.

"이게 뭐냐?"

"돈입니다."

"무슨 돈?"

형은 통장을 열어보지 않은 채 최강철을 향해 의문이 가득 찬 시선을 던졌다.

그런 형을 향해 천천히 입을 열었다.

"통장에 천만 원이 들어 있습니다. 이 돈이면 정국이 수술 시키고 전세로도 옮길 수 있을 거예요."

뒤늦게 통장을 열어본 형의 손이 부들부들 떨리는 게 보였다.

그러고는 이를 악문 채 최강철을 쏘아봤다.

"어디서 난 돈이냐?"

"저는 프로로 전향했습니다. 그래서 계약금으로 받은 돈입니다."

"이 미친놈이… 학교는 가지 않고 복싱을 계속한단 말이야? 너 미쳤어!"

"지금은 아니지만 나중에 공부할 겁니다. 그러니 걱정하지 않으셔도 돼요."

"나보고 네가 매 맞아서 번 돈으로 수술시키고 전세를 얻으란 말이냐? 가져가라. 난… 그렇게 못 해."

목소리가 약하다.

통장을 다시 내밀었으나 큰형의 손길에는 힘이 담겨 있지 않았다.

큰형의 얼굴은 하얗게 질렸고 형수의 눈에서는 눈물이 방울방울 떨어지고 있었다.

그 마음을 안다. 비겁한 양심을 숨기기 위해 형은 지금 필사적인 노력을 하고 있지만 결국 이 돈을 받을 수밖에 없을 것이다.

＊   ＊   ＊

조카의 수술은 오래 걸렸다.

심장 수술은 워낙 조심스럽고 커다란 수술이었기에 무려 6시간이나 소요되었다.

수술이 시작될 때부터 큰형은 잠시도 자리에 앉아 있지 못했고 형수는 연신 눈물을 흘리며 기도를 했다.

"괜찮을 겁니다. 형수님, 그만 우세요."

"삼촌, 고마워. 정말 고마워요."

그녀의 눈물 속에 담겨 있는 감사의 눈빛이 애처로웠다.

서울대에서 심장 전문의로 가장 유명하다는 최재순 박사를 섭외하고 수술 날짜 잡은 건 최강철이었다.

아시안게임 선수단을 이끌던 임준현에게 전화해서 부탁했기 때문에 가능한 일이었다.

긴장한 채 왔다 갔다 하던 형은 한쪽에 앉아 계신 부모님을 잠시 쳐다보더니 최강철을 향해 슬그머니 다가와 입을 열었다.

"강철아, 형하고 잠깐 나갈래?"

"예."

수술 시간은 벌써 3시간이 지나고 있었기 때문에 담배를 피우고 싶었을 것이다.

이해한다.

초조함이 가슴속에 든 사람은 시간이 더디게 흘러가고 습관처럼 찾아오는 담배의 위안이 필요하다.

형을 따라 병원 밖으로 나와 흡연 구역으로 걸어갔다.

"담배 배웠냐?"

"전 복싱 선수잖아요. 담배 안 피웁니다."

"…그렇지. 내가 아무래도 정신이 없나 보다."

"잘될 거니까 너무 걱정하지 마세요."

"강철아, 형은… 이제 아무런 바람도 없다. 그동안 아들놈이 죽어가는 걸 보면서 눈물만 흘릴 뿐이었어. 능력 없는 부모를 만나 수술조차 받지 못하고 어린놈이 죽는다고 생각하니까 세상이 전부 원망스럽더라. 돈이 없다는 걸 뻔히 알면서 아버지께 손을 내밀 때마다 죽고 싶을 정도로 괴로웠다. 그런데 네 덕분에 수술을 시켰으니 내가 바랄게 더 뭐가 있겠냐."

"…형."

"이젠 괜찮다. 그놈이 죽는다 해도 형은 이젠 괜찮을 것 같아. 수술까지 시켜봤는데도 잘못된다면 그것도 그놈 복 아니겠냐. 고맙다, 강철아."

큰형이 길게 내뿜은 담배 연기가 하늘로 올라갔다.

그동안 느껴왔을 큰형의 고통이 얼마나 컸을까. 담배 연기가 사라져 가는 것처럼 큰형의 고통도 그렇게 사라져 갔으면 좋겠다.

그래서 큰형이 전생처럼 부모님과 가족들을 떠나지 않기를 간절히 바란다.

조카의 수술은 무사히 끝났다.

집도의는 수술이 잘됐다면서 한 달 정도만 지나면 다른 아이들처럼 뛰어놀 수 있을 거라고 했다.

무뚝뚝했던 형의 눈물을 그때 처음 봤다.

아버지의 품에 안겨 큰형은 그동안의 고통과 설움을 한꺼번에 폭죽처럼 쏟아냈다.

그의 눈물은 슬픔이 기쁨이 되어 흐르고 있었다.

*   *   *

최강철은 정신없이 움직였다.

아버지를 대신해서 지금까지 살았던 집을 처분했는데 950만 원을 받고 넘겨줬다.

이사하기 전 혼자 다니며 새집에 새로 산 가구와 전자 제품들을 들여놓았다.

가족들이 꿈도 꾸지 못했던 장롱과 소파, 텔레비전은 물론, 냉장고까지 전부 장만했고 심지어 어머니와 누나들의 화장대까지 준비했다.

이사하기 삼일 전, 가지 않겠다고 고집 부리던 어머니를 간신히 설득해서 가족들이 전부 새집으로 향했다.

현관문을 열고 들어서는 순간부터 누나들은 정신을 차리지 못했다.

거실부터 안방, 그리고 자신들의 방을 보면서 누나들은 연신 소리를 질러댔는데 마치 꿈을 꾸고 있는 사람들처럼 두 손을 흔들어대고 있었다.

"엄마, 저기 봐봐. 공원이 보여요. 이리 와보라니까."

막내 누나가 어머니의 손을 붙잡고 베란다로 향했다.

어머니는 화려하게 빛나는 새집을 보면서도 웃음을 짓지 못하셨으나 막내 누나의 힘에 이끌려 억지로 베란다를 향해 걸어갔다.

아직도 어머니는 자신이 복싱을 계속한다는 것에 대해 수
긍하지 않았다.

"돈… 많이 들었겠다."

"조금요."

"네가 번 돈인데 이렇게 다 써서 어쩌냐. 내가… 강철아, 아
버지가 미안하다."

"그러실 필요 없다고 말했잖아요. 아버지, 이제 여기서 행복
하게 사시면 돼요. 우리 가족 모두 웃으면서 살 수 있어요."

"그려그려."

"이사를 한 다음에 아버지가 그렇게 원하던 개인택시를 살
겁니다. 면허도 제가 알아볼 테니 아버지는 걱정하지 마세요."

"그게 가능하겠냐?"

"할 수 있어요. 아버지, 제가 알아서 다 처리해 놓을게요."

"그러라."

언제부턴가 아버지는 최강철의 말이라면 그저 고개만 끄덕
였다.

집 판 돈을 내놓지 않았어도 아버지는 지금까지 그에 대해
한 번도 말씀을 하지 않았다.

이사를 하고 개인택시 면허를 취득하기 위해 백방으로 뛰어
다녔다.

복싱 협회의 사무장 유광호에게 부탁해서 관계 기관의 높

은 양반을 소개받았더니 일처리가 일사천리로 진행되었다.

한국은 역시 줄이다.

서민들에게는 아무리 어려운 일이라도 높은 놈들이 나서면 안 되는 게 없다.

개인택시를 사서 아파트에 세워놓았다.

아직 면허가 나오려면 조금 시간이 걸리겠지만 아버지는 조만간 회사를 그만두고 개인택시를 몰게 될 것이다.

그렇게 바쁜 일들을 모두 끝내고 나자 벌써 3월이 가까워져 있었다.

          *   *   *

윤성호, 이성일과 모여 자주 식사를 했다.

같이 미국으로 떠나야 했기 때문에 취업 비자 등 준비할 것이 많아 수시로 만날 수밖에 없었다.

그동안 이성일은 매일 체육관에 나와 복싱에 관한 기술들과 전술에 대해 공부했는데 유명 선수들의 시합이 담긴 비디오테이프를 본 건만 해도 3백 개가 훌쩍 넘었다.

윤성호가 복싱 협회의 지원을 받아 체육관을 운영하기 위해 준비해 놓은 테이프들이었다.

철들었다.

친구 따라 강남 간다던 이성일은 최강철에게 부담이 되지 않기 위해선지 복싱에 대해 미친놈처럼 공부를 했다.

"성일아, 여권은 다 준비됐냐?"

"응, 벌써 했지."

"영어 공부는?"

"야, 머리 아퍼 뒈지겠어. 복싱 공부 하는 것도 힘들어죽겠는데 영어까지 하려니까 대가리에서 쥐가 날 지경이야. 저녁에 들어가서 열심히 공부하는데 왜 잘 안 돼지?"

"그냥 외워. 외우다 보면 금방 늘 거야. 그렇죠, 관장님?"

"지랄한다. 우리가 넌 줄 아냐?"

윤성호가 가만히 듣고 있다가 최강철을 노려봤다.

그 역시 지금 영어 때문에 자다가도 벌떡 일어날 지경이었기 때문이다.

"하하하… 천천히 하세요. 꾸준히 하다 보면 조금씩 늘 겁니다."

"그런데 우린 어떻게 되는 거냐. 톰슨한테는 연락이 왔어?"

"왔어요. 다음 달에 취업 비자가 나올 거래요. 우린 취업 비자가 나오는 대로 떠날 겁니다."

"정확히 언제?"

"3월 중순쯤이면 될 거라네요."

"그래봤자 보름 정도 남았다는 거잖아."

"마무리 잘하세요. 괜히 처리가 덜 된 것 때문에 나중에 다시 돌아오지 말고요."

"할 게 뭐 있겠어. 체육관도 다 넘겼기 때문에 짐만 싸면 된다. 내가 마누라가 있냐, 뭐가 있냐. 이젠 홀가분하게 떠나기만 하면 돼."

윤성호가 쉽게 말하며 소주잔을 들었다.

하지만 그게 본심이 아니란 걸 안다.

가진 게 없는 사람에게도 떠난다는 건 수많은 아쉬움과 후회가 남는 법이다.

*   *   *

"저 새끼냐?"

"예, 형님."

"복싱 선수라더니 몸이 좋구만."

"아시안게임에서 우승한 놈입니다. 그 전에는 세계 선수권 대회에서도 우승했고요. 큰 형님께서 특별히 조심해서 잘 처리하라고 했습니다."

"죽이는 것도 아닌데 뭘 조심해? 팔다리만 한 짝씩 부러뜨리면 되는 거 아냐?"

"맞습니다."

"애들은?"

"연장 챙겨서 대기하고 있습니다. 그놈 집 앞에 공터가 있습니다. 거기서 기다리라고 해놨습니다."

"몇 명이나 왔냐?"

"형님하고 저까지 합해서 열 명입니다. 놈이 아무리 잘 쳐도 연장 앞에서는 어쩔 도리가 없을 겁니다."

"오늘따라 손맛이 좋아. 도끼를 쓰고 싶은데 그건 안 된다며?"

"피는 보지 말라고 하셨습니다. 그래서 애들을 전부 쇠파이프로 무장시켰습니다."

"하아, 이런 씨발. 저런 새끼는 도끼가 제격인데 아쉽구만."

감자탕 집 안에 있는 최강철 일행을 바라보며 김춘식이 혀를 길게 빼어 물었다.

놈은 영등포 일대를 장악하고 있는 흑사파의 행동 대장으로 별명이 도끼였다.

싸움이 벌어질 때마다 손도끼를 썼기 때문에 붙은 별명인데 잔인하기로 유명한 자였다.

신군부의 칼날이 시퍼랬지만 전부 삼청교육대에 붙잡혀 간 것은 아니다.

그들의 정권 획득에 적극적으로 협조한 조직들은 그 당시에 오히려 위세를 더하며 더 잘 먹고 잘살았다.

"형님, 나옵니다."

"착한 놈일세. 오래 기다리면 어쩌나 걱정했는데. 유정의 춘희는 대기시켜 놨냐?"

유정은 도끼가 자주 가는 룸싸롱의 이름이었고 춘희는 그의 단골 파트너였는데 밤일을 아주 잘했다.

김춘식의 말을 들은 똘마니의 얼굴이 활짝 펴졌다. 놈도 2차를 생각하자 기분이 절로 좋아진 모양이었다.

"그럼요. 원래 이런 일이 끝나면 가는 거잖아요."

"얼마 받아 왔어?"

"큰형님이 30만 원 주셨습니다."

"괜찮네. 오랜만에 똘똘이 목욕시킬 수 있겠구나."

"예, 형님."

"가자, 얼른 일 끝내고 거나하게 한잔 빨자."

최강철은 유광호와 이성일이 집으로 돌아가는 걸 확인하고 버스를 탔다.

감각이 사이렌을 요란하게 울리기 시작한 것은 뒤쪽에서 따라붙은 두 놈의 얼굴을 확인한 후부터였다.

기분이 더러워졌다.

놈들의 면상을 보는 순간 본능적으로 뒷골목에서 기생하는 인간들이라는 걸 알 수 있었다.

뒤쪽 자리에 앉은 놈들의 면상을 더 이상 바라보지 않았다.

어차피 놈들은 사람들이 많은 장소에서 일을 벌이지 못할 테니 분명 인적이 드문 곳에서 자신의 발걸음을 세울 것이다.

버스에서 내렸을 때는 10시가 훌쩍 넘은 시간이었다.

놈들이 따라 내렸으나 최강철은 빠르지도 느리지도 않은 걸음으로 집을 향해 움직였다.

버스 정류장에서 아파트까지의 거리는 1㎞가 넘었는데 밤이라 그런가 인적이 점점 뜸해졌다.

놈들이 빠른 걸음으로 다가온 것은 앞쪽에서 거무스름한 그림자들이 자신의 앞을 가로막았을 때였다.

여덟이다.

거기다가 손에는 쇠파이프를 들었는데 전부 몸이 날렵한 놈들이었다.

최강철은 천천히 걸음을 멈추고 다가온 놈들을 향해 돌아섰다.

앞을 막은 놈들은 부하들이고 일을 꾸민 건 뒤에서 다가오고 있는 놈들일 것이다.

"니들 뭐냐?"

"그 새끼 말버릇하고는. 어른한테 말할 때는 '요' 자를 붙이는 거야, 공손하게."

"주접떨지 말고 용건이나 말해. 뭐야?"

최강철이 똑바로 쏘아보며 이를 드러내자 김춘식이 어이없다는 표정을 지으며 본능적으로 뒤춤에 넣어두었던 도끼를 쓰다듬었다.

뿜어져 나온 최강철의 기세가 그를 자극했기 때문이다.

"호오, 멀리서 봤을 때는 모르겠더만 성깔 있는 새끼네. 아직 세상 물정 모르는 걸 보니 넌 아직 더 커야겠다."

"극동의 안재만이 보내서 온 거겠지?"

"얼씨구, 그건 또 어떻게 알았어? 희한한 놈일세."

"기다리고 있었거든. 너희 꼬라지 보니까 한 놈씩 하려는 건 아닌 것 같고 결국 떼로 덤빌 거 같구만. 그렇지?"

"하아, 쪽팔리게 이 새끼가 정곡을 찌르네. 용태야!"

"예, 형님."

"오늘 있었던 일 큰 형님한테는 말하지 마라. 저 새끼 뒈지면 사고였다고 그래. 알았어?"

"왜 이러십니까? 절대 피는 보지 말라고 하셨습니다."

"야, 이 새끼야. 너 지금 저놈 말 못 들었어? 어린 새끼한테 쪽팔리면 안 되잖아. 그러지 않아도 오늘따라 손맛이 땡겼는데 아무래도 도끼 좀 써야겠다. 복싱 선수라고 했으니까 모가지는 피하지 않겠어?"

서용태가 뭐라고 더 입을 열다가 주춤거리며 뒤로 물러났다.

김춘식이 이미 뒤춤에서 도끼를 꺼낸 후 시퍼런 눈으로 비키라는 시늉을 했기 때문이다.

미친 도살자. 도끼의 다른 별명이었다.

놈은 한번 열받으면 물불을 가리지 않는 성격이라 금방 웃다가도 주먹을 날릴 정도였다.

최강철은 김춘식이 손도끼를 꺼내 오른손에 드는 것을 보면서 고개를 좌우로 꺾었다.

극동의 정기수가 조심하라며 전화를 해왔기 때문에 언젠가 이런 일이 벌어질 거란 예상을 하고 있었다.

톰슨에게 전화가 왔을 때 극동에 관한 일을 이야기해 줬더니 알아서 잘 처리하겠다고 약속했는데 뭔가 일이 잘못된 모양이다.

그럼에도 최강철은 도끼를 꺼내 드는 김춘식을 퍼런 눈으로 바라보며 앞으로 한 발 나섰다.

미국으로 떠날 시간이 얼마 남지 않았다.

여기서 사고를 치면 문제가 생길수도 있었으나 최강철은 김춘식을 향해 하얀 웃음을 지은 채 다가갔다.

두려움? 그런 건 없다.

강철 같은 심장을 장착한 채 새로 살아오는 동안 두려움을 느낀 적은 한 번도 없다.

지금도 마찬가지다.

그의 뇌 속을 파고드는 건 오직 하나.

도끼를 든 채 비릿한 미소를 지으며 다가오는 김춘식을 처단하는 것뿐이었다.

가슴속에서 전사의 피가 들끓기 시작했다.

지독하고도 잔인한 전사의 피는 용암처럼 부글부글 끓어오르며 최강철로 하여금 김춘식이 휘두른 도끼를 향해 폭발적으로 달려 나가게 만들고 있었다.

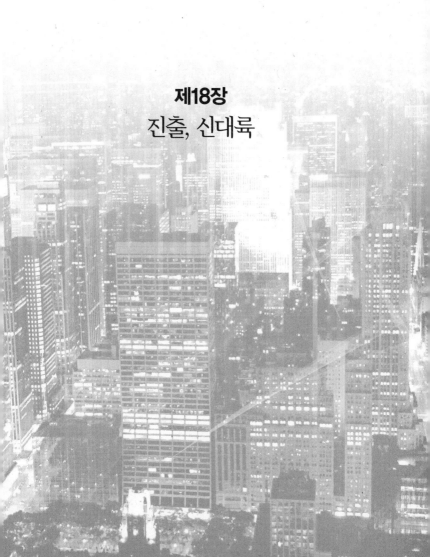

제18장
진출, 신대륙

"새끼들, 많이도 왔네, 안재만이 흑사파 출신이랬지?"

　"응, 그놈은 거기서 나와 극동을 차리고 승승장구한 놈이야. 현재 흑사파 보스하고는 형제로 지낸다고 하더군."

　"아시안게임에서 우승한 놈을 병신으로 만들려고 하다니, 미친놈이야. 나중에 뒷감당은 생각 안 한 모양이지?"

　"살모사 같은 놈이 그런 것도 생각하지 않았겠나. 이유가 있어."

　"무슨 이유?"

　"안재만은 지금까지 이런 방식으로 유망주들을 상대해 왔어. 그놈만의 독특한 방식이지. 조폭 출신이라서 그런가 잔인해."

"그래도 누울 자릴 보고 누워야지. 쟨 지금 꽤나 유명해졌잖아."

"아직 사람들이 얼굴도 알아보지 못하는데 뭐가 유명해? 그깟 아마추어 복싱에서 우승한 걸 가지고 대단하게 생각하는 모양인데 그건 별거 아냐. 더군다나 흑사파에게는 든든한 뒷배가 있거든."

"뒷배, 그게 뭔데?"

"중정 부장. 흑사파는 그 새끼의 주구들이야. 주로 야당 정치인들을 테러할 때 써먹었는데 일처리를 잘한다고 들었다."

"그래서 이런 짓을 벌였구만. 뒤탈을 생각하지 않고?"

"그런 거지. 하지만 오늘은 상대를 잘못 골랐어. 우리 부장이 신경 쓰고 있는 이상 저놈들은 이제 황천길로 갈 수밖에 없다."

스미스가 웃으며 어깨를 으쓱했다.

맞는 말이다. 한국의 중정 부장이 아무리 세다 해도 CIA 서울 지부장에게 상대가 안 된다.

더군다나 자신이 들은 정보에 따르면 이번 작전은 본국에서 직접 날아왔기 때문에 중정 부장이 아니라 전두환이 개입되었다 해도 찍어 누를 수가 있었다.

그 모습에 이태섭이 입맛을 다셨다.

그는 해병대 특수수색대 출신으로 5년 전부터 CIA 소속으로 활동하고 있었다.

"여기서 칠 생각인가?"

"그렇겠지. 비겁한 놈들이야. 한 명 상대하는데 10명이나 왔어. 그것도 쇠파이프를 들고 오다니, 쯧쯧."

이태섭이 혀를 차면서 차에서 내리자 그 뒤를 따라 스미스가 따라 내렸다.

후미를 맡고 있는 뒤쪽의 B조도 지금쯤 접근하고 있는 중일 것이다.

그들은 한국에 파견된 CIA의 특수요원들로 지부장의 명령을 받고 그동안 최강철을 보호하고 있는 중이었다.

지부장의 명령은 단 하나.

안재만의 행동을 파악해서 최강철에게 위해를 가하지 못하게 만들라는 것이었다.

왜 그런 명령이 내려왔는지 모른다.

하지만 신군부 정권이 통치하고 있는 한국에서는 하루에도 수많은 일이 발생했기 때문에 일일이 이유를 알면서 행동한 적은 없었다.

"저놈, 싸울 생각인 모양이네. 전혀 두려워하지 않잖아."

"그럼 자네 같으면 가만있겠나? 어차피 린치를 생각하고 온 놈들한테 가만히 앉아서 당하는 놈이 병신이지."

"어, 저 미친놈이 도끼를 꺼냈어!"

"구경 좀 할까? 마크 브릴랜드까지 꺾었다던데 어느 정도 실력인지 궁금하지 않아?"

"미친 소리 하지 마. 최강철이 조금이라도 다치면 우린 큰일 난다고. 빨리 해치우고 가자. 밤이 늦었어."

*   *   *

도끼를 들고 돌진해 오는 김춘식을 향해 최강철이 이빨을 드러내며 마주 부딪쳐 나가는 순간 고무타이어에서 바람 빠지는 소리가 들렸다.

그런 후 김춘식의 몸이 그래도 푹 쓰러졌다.

"으… 으……."

놈은 도끼를 떨어뜨린 채 바닥을 기면서 팔을 부여잡고 있었는데 밝은 달빛으로 쏟아져 나오는 피가 선명하게 보였다.

뚜벅뚜벅.

김춘식이 쓰러지자 흑사파 조직원들이 당황함을 숨기지 못할 때 어둠을 뚫고 네 명의 검은 그림자가 나타났다.

그들의 손에는 소음 권총이 들려 있었다.

서용태가 급히 칼을 꺼내 들다가 맨 앞에 선 자가 갈긴 총

알에 다리를 얻어맞고 김춘식과 비슷한 자세로 쓰러졌다.

쇠파이프를 들고 있던 나머지 똘마니들은 갑작스럽게 나타난 자들이 소음 권총을 쏴서 대가리들을 때려잡자 부들부들 떨면서 움직이지 못했다.

총 앞에서 쇠파이프는 무용지물이기 때문이었다.

"미스터 최, 우리가 조금 늦었지요?"

"누구십니까?"

"미국에서 온 사람들입니다. 우린 당신을 보호하라는 지시를 받고 왔소. 오랫동안 지켜봤는데 이제야 일이 끝났군요."

"음……."

빙긋 웃는 사내를 보면서 최강철이 가볍게 신음 소리를 냈다.

총을 쏜다는 것은 나타난 자들이 조폭과는 비교조차 하지 못할 정도로 강력한 집단에 소속되어 있다는 것을 의미했다.

더군다나 미국에서 왔다면 CIA일 가능성이 컸다.

'하아.'

더 럼블의 위력이 어느 정도인지 짐작이 갔다. 일개 소속 선수의 안전을 위해 CIA까지 동원할 정도라면 그들은 이보다 훨씬 더 힘든 일도 처리할 수 있는 능력이 있다는 뜻이었다.

"이제 그만 가셔도 됩니다. 나머지 일은 우리가 처리할 테니 걱정하지 마시오."

"고맙습니다. 하지만 뿌리가 남았는데 괜찮겠습니까?"

"이놈들이 소속된 흑사파와 안재만 역시 더 이상 미스터 최를 건드리지 못하게 조치할 겁니다. 그러니 안심해도 될 거요."

*　　　　*　　　　*

시간이 정해졌다.

톰슨이 보내온 비행기 티켓은 3월 16일 11시 비행기였다.

세 사람의 취업 비자는 출국하기 일주일 전에 나오는 것으로 확정되어 있었는데 기한이 3년으로 되어 있었다.

떠날 날이 정해지자 시간이 미친 것처럼 흐르기 시작했다.

서울대의 입학식 날.

부모님과 누나들은 캠퍼스를 가득 채운 채 웃고 있는 학생들과 가족들을 바라보며 눈물을 숨기지 못했다.

이 좋은 학교를 두고 미국으로 떠나야 하는 아들의 손을 꼭 잡고 어머니는 연신 눈물을 찍어 내셨다.

안다, 그 마음.

하지만 지금으로서는 받아들일 수 없는 마음이었고 이보다 더 커다란 세계를 위한 비상이었으니 어머니를 달랠 수밖에 없었다.

학교 측에서 급한 연락이 온 것은 휴학계를 내고 3일이 지났을 때였다.

약속된 시간에 맞춰 캠퍼스를 따라 경영대를 향해 걸어갔다.

최신식으로 웅장하게 지어진 건물.

상아탑 중에서 최고의 권위를 자랑하는 건물답게 경영대의 건물 곳곳에는 위압감이 잔뜩 묻어나고 있었다.

계단을 올라 학과장실 문을 두드리고 안으로 들어섰다.

그가 들어서자 반백의 노신사가 책을 보고 있다가 자리에서 일어나는 것이 보였다.

경영대 학과장을 맡고 있는 유문호 교수였다.

경영학 쪽에서 국내 최고의 권위를 자랑한다는 석학이었고 털털하고 자상한 성격으로 학생들의 존경을 한 몸에 받는 사람이기도 했다.

"최강철 군인가?"

"예, 교수님."

"앉게."

유문호가 먼저 앉으며 자리를 권하자 최강철이 공손한 자세로 소파에 앉았다.

그러자 유문호가 소파 옆 다탁에서 준비된 차를 직접 따라 내밀었다.

"자네, 휴학했다면서?"

"예, 교수님 사정이 있어서요. 부득이……."

"그 사정 내가 들어봐도 되겠나?"

묻는 유문호의 표정을 살폈다. 그가 자신의 정체를 알고 있는지 아니면 단순하게 학과 수석의 휴학이 궁금해서 묻는 건지 알고 싶었다.

하지만 그의 표정에서는 어떤 것도 알아낼 수 없었다.

자신의 감정을 숨기는 능력이 탁월할 수도 있고 아니면 살아온 많은 세월 속에서 습관적으로 굳어진 것일 수도 있다.

잠깐 망설이다가 자신을 빤히 쳐다보는 유문호를 향해 결국 입을 열었다.

"교수님 저는 복싱을 합니다."

"알고 있네. 그래서 그게 어쨌다는 건가?"

입맛이 쓰다. 자신이 복싱을 한다는 걸 알면서도 이곳으로 오라고 했다면 오늘 대화가 쉽지 않을 거란 판단이 섰다.

"그렇다면 제가 더 럼블과 계약을 했다는 것도 아시겠군요. 기사에 난 것처럼 저는 미국으로 건너가 복싱을 계속할 생각입니다."

"언제까지?"

"꿈을 이룰 때까집니다."

"꿈을 이루지 못한다면 어쩔 생각인가. 그럼 그때 다시 돌아올 텐가?"

"그건 생각해 보지 못했습니다."

"내가 자네를 부른 건 그것 때문이었네. 미국이란 나라는 철저하게 능력을 우선시하는 사회라네. 만약 자네가 실패한다면 차가운 빙판길을 헤매게 될 걸세. 최강철 군, 기한을 정하게. 젊은 나이에 꿈을 이루기 위해 싸우는 걸 나는 언제나 응원하는 사람일세. 하지만 나는 꿈을 잃은 젊은이가 상처받는 것도 원하지 않는다네. 더군다나 자네는 경영대 수석 입학자란 신분을 가지고 있는 전도양양한 인재이지 않는가. 기한을 정하고 싸우게. 그런 후, 실패하게 된다면 무조건 돌아와 주게. 우리 사회와 국가는 자네 같은 우수한 인재가 필요해. 만약 일이 잘못된다 해도 절망 속에서 시들지 말아주기를 부탁하네. 내가 자네를 부른 건 그 말을 해주기 위함이었네. 내 말 무슨 뜻인지 알겠나?"

떠나기 전날.

군대에 간 둘째 형을 빼고 모든 가족이 모였다. 인천에 있는 큰누나 식구들까지 모였으니 정말 다 모인 거나 다름없다.

가족들은 웃지 못했다.

조카들이 깔깔거리며 뛰어다녔으나 부모님은 물론이고 큰형 내외와 누나들까지 아무도 웃음을 보이지 않았다.

나쁜 일로 가는 것이 아니었음에도 가족들은 최강철에게 빚을 졌다고 생각했기 때문이다.

기약하지 못하는 시간 동안 아들이자 동생은 머나먼 이국 땅에서 돌아오지 못한다.

일가친척 하나 없는 곳에서 죽을 둥 살 둥 모르며 싸워야 했으니 고난과 외로움 속에서 힘들게 살아야 할 것이다.

계약금으로 집을 샀고, 조카의 수술을 했으며, 그렇게 원하던 개인택시와 침대에서 잠을 자게 해주었다. 가족들은 그야말로 죄인처럼 고개를 들지 못한 채 최강철의 마지막을 지켜볼 수밖에 없었다.

일부러 유쾌하게 떠들며 가족들의 분위기를 풀어주려 했으나 어머니의 눈물 속에서 분위기는 점점 무거워만 갔다.

저녁 식탁에 올라온 음식들은 전부 최강철이 좋아하는 것들이었다. 어머니와 큰형수가 오랫동안 부엌에서 뚝딱거리며 만든 것들이었다.

떠나는 날 어머니는 끝끝내 안방에서 나오지 않으셨다.

방문을 열고 들어서자 어머니는 멍한 눈으로 앉아 화장대에 놓여 있는 가족사진을 바라보고 계셨다.

천천히 다가가 어머니의 등을 끌어안았다.

"엄마, 저 이제 가야 해요."

"그래……"

마치 허깨비 같다.

그러나 어머니는 최강철이 다가와 자신을 끌어안자 손을 올려 최강철의 팔을 붙잡았다. 그런 후 통증이 가득 찬 음성과 함께 울음소리가 배어 나왔다.

가슴이 아프다. 어머니를 다시는 버리지 않겠다고 맹세했는데 이렇게 우시는 모습을 보자 가슴 끝이 칼로 찔린 것처럼 아파왔다.

"엄마, 이거 받아요."

"뭐여?"

"이건 아버지 모르게 잘 가지고 계세요. 누나들 혼수 비용이니까 꼭 지니고 계시다가 쓰세요."

"이눔아, 가지고 가. 너도 거기서 써야 될 거 아녀!"

"제가 쓸 돈은 가져가니까 걱정하지 마세요. 이제 정말 가야 해요. 엄마, 제가 없는 동안 건강하게 계세요."

"정말… 정말 가는 거여?"

"엄마, 잘 다녀오라고 한 번만 웃어주세요. 거기서 힘내라고… 잘 지내라고 해주세요. 그렇게 울지 마시고, 웃어주세요. 그래야 편히 떠날 수 있잖아요."

"크윽… 강철아. 우리 새끼 보고 싶어 어쩐다냐… 잘 다녀와야 한다. 몸 건강히. 알았지?"

어머니가 몸을 돌려 끌어안으시며 웃었다.

눈물 속에서 억지로 웃으려 노력하시는 어머니의 얼굴이 마치 광대를 닮았으나 그 모습에 눈물이 쏟아져 나왔다.

"엄마, 이제 갈게요. 다시 돌아올 때까지 부디 안녕히 계세요."

*   *   *

럼블에서 나온 가이드의 안내를 받아 출국 수속을 마치고 공항 로비에서 가족들에게 마지막 인사를 했다.

아버지와 누나들의 손이 따뜻했다.

큰형 내외는 어제 저녁을 먹고 구미로 돌아갔기 때문에 배웅 나온 사람은 그들뿐이었다.

결국 어머니는 따라오지 않으셨다.

아들을 보낼 자신도, 떠나는 뒷모습을 보면서 견뎌낼 자신도 없었기 때문이다.

윤성호와 이성일도 눈물의 이별을 하고 있었는데 그들 역시 눈이 붉게 달아올라 있었다.

아시안게임에서 우승하고 돌아왔을 때는 엄청난 기자들과 환영 인파가 몰려들었으나 출국하는 날에는 오직 스포츠서울의 김도환과 몇몇 기자만이 모습을 드러냈다.

당연한 일이다.

그는 수많은 금메달리스트 중의 한 명일 뿐이고 히로키를 때려눕히며 국민들을 열광케 했으나 시간이 지나면서 금방 기억 속에서 잊혔으니 미국으로 출국하는 것 정도는 뉴스거리가 될 수 없었다.

가족들과 헤어져 게이트를 향해 걸어갔다.

어느새 이별의 슬픔이 걷혀졌고 걸어가는 걸음걸음에 야망과 투지가 서서히 들어차기 시작했다.

이제 비행기를 타고 13시간 후면 자신의 꿈이 펼쳐질 신대륙에 도착하게 될 것이다.

창문을 통해 수많은 비행기가 보였다.

하늘에는 뭉게구름이 곳곳에서 노닐었고 햇빛은 더없이 영롱하게 내리쬐고 있었다.

"관장님, 오늘따라 하늘이 참… 좋습니다."

*   *   *

미국은 세계 복싱의 메카다.

영국에서 시작된 복싱의 열기가 본격적으로 상륙해서 정착한 것은 1960년대였는데 그때부터 미국은 복싱의 중심 국가로 태어났다.

특히 레너드와 듀란을 비롯해서 전설로 불리는 슈퍼스타들의 경기가 벌어진 곳은 대부분 뉴욕의 메디슨 스퀘어 가든과

라스베이거스의 특설 링이었다.

그곳에서 슈퍼스타들은 엄청난 돈을 챙겼다.

희대의 영웅, 슈가레이 레너드는 타이틀전이 벌어질 때마다 500만 달러는 가볍게 벌어들였고 나중에 헤글러와의 대전에서는 무려 1,100만 달러의 거액을 받았다.

그뿐만이 아니다.

윌프레도 베니테스, 듀란, 헌즈, 헤글러, 아론 프라이어 등도 수백만 달러의 대전료를 받으며 복싱이 세계 최고의 스포츠임을 입증했다.

물론 그렇게 되기 위해서는 스스로의 가치를 전 세계 팬들에게 입증해야 한다.

화끈한 공격력은 물론이고 저절로 감탄이 쏟아지게 만들어버리는 테크닉을 장착해야 불가능을 뚫고 스타의 반열에 들어설 수 있다.

복싱으로 돈을 벌고 싶어 하는 전 세계의 수많은 선수가 미국에서 경기하기를 원하지만 대부분 꿈을 접어야 했던 건 두꺼운 선수층에서 비롯된 절망 때문이었다.

미국에 적을 둔 선수들도 많았지만 인근인 멕시코와 캐나다, 유럽 선수들까지 넘어와 경쟁을 벌였기에 미국의 복싱판은 그야말로 포악한 약육강식의 정글이었다.

더 럼블이 개최하는 게임의 이름이 '더 럼블 오브 더 정글'인

것은 그러한 사실을 단적으로 보여주는 것이었다.

단 한 번만 실패해도 더 이상의 기회는 주어지지 않는다.

만약 그 한 번의 실패가 슈퍼스타로 성장한 다음이라면 문제가 달라지겠지만 성장 과정에서의 실패는 죽음으로 직결되는 것이었다.

최강철의 목적지는 뉴욕이었다.

정확히 말한다면 뉴욕 외곽에서 30㎞ 떨어진 클리프턴의 레드불스센터였다.

레드불스센터는 더 럼블이 운영하는 복싱 전문 센터로 우리나라로 봤을 때 복싱 체육관이라고 생각하면 된다.

최강철이 더 럼블이 보유한 여러 개의 체육관 중에서 레드불스를 선택한 것은 경영 쪽에서 세계 최고 수준을 자랑하는 펜실베니아 주립대와 뉴욕대가 가깝기 때문이었다.

몇 년이 될지 모르나 터전을 잡고 싸운다면 이만한 곳도 없다.

그가 계획하고 있는 일을 이뤄 나가기 위해서는 인재가 필요했고 뉴욕에는 그에 걸맞은 인재들이 지천으로 깔려 있었다.

더불어 최고의 전사들이 싸우는 메디슨 스퀘어가든도 근처에 있었다.

지금은 아니지만 곧 그의 주 무대가 될 테니 여러 면에서 뉴욕은 그에게 천혜의 땅이다.

입국 게이트를 빠져나오자 톰슨이 반가운 얼굴로 다가오는 것이 보였다.

하지만 혼자가 아니다.

그 옆에는 상당한 미모의 여자가 같이 걸어오고 있었는데 한눈에 봐도 한국 사람인 것 같았다.

"여어, 미스터 최, 잘 왔어. 긴 여행이 힘들지 않았나?"

"괜찮았습니다."

"여긴 미스 황일세. 오늘부터 이곳 생활을 하는 데 도움을 줄 사람이지."

톰슨이 소개하자 여자가 앞으로 나서며 손을 내밀었다.

여자는 30대로 보였고 생긴 건 고운데 행동이 당찼다.

"안녕하세요. 황인혜라고 합니다."

"반가워요."

"톰슨이 나에 대해 아무런 말도 해주지 않은 모양이네요. 나는 럼블의 뉴욕 사무실에서 회계를 담당하고 있는 사람이에요. 뉴욕에는 한국 사람들이 많지 않아서 톰슨이 특별히 부탁하더군요. 최강철 씨 일행을 도와주라고."

"그렇군요."

"오늘은 앞으로 지낼 숙소와 그리고 식사할 수 있는 곳을 소개해 줄 거예요. 같이 지내지는 않겠지만 당분간은 자주 뵐 것 같네요."

"잘 부탁드립니다."

최강철이 가볍게 고개를 숙이자 황인혜가 볼일이 끝났다는 듯 뒤로 물러섰다.

톰슨이 앞으로 나선 것은 황인혜의 인사가 끝났을 때였다.

"돈 킹이 자네한테 안부 전해주라는군. 자, 인사까지 했으니 바빠서 나는 이만 가보겠네. 앞으로 연락할 일이 있으면 미스 황을 통해서 연락하게."

"톰슨, 한 가지만 물읍시다."

"뭔가?"

"내 데뷔전은 언젭니까?"

"지금 조율 중이야. 곧 연락할 테니 기다리고 있으면 연락이 갈 걸세."

"한국에서의 일은 고맙습니다. 덕분에 잘 처리되었어요."

"고맙긴, 우리로서는 당연히 해야 할 일이지. 럼블과 계약된 선수는 우리의 자산이야. 더군다나 자네는 특별한 사람일세. 우리는 럼블의 중요 자산을 함부로 해치는 걸 그냥 두고 보지 않는다네."

여유 있는 웃음과 함께 톰슨은 바람처럼 사라졌다.

자신을 이곳으로 불러들인 톰슨은 계약 때와는 다르게 자신의 볼일만 보고 사라졌는데 어떤 미련조차 남기지 않았다.

여기서도 세상의 이치가 고스란히 적용되고 있었다.

잡은 물고기에게는 밥을 주지 않는다. 그것도 최강철이 월척이라고 판단했기에 직접 공항까지 나온 것이지 그렇지 않다면 아예 얼굴조차 구경하지 못했을 것이다.

하긴 비싼 자산이다. 톰슨의 기대대로 아마추어 때처럼 프로 복싱판을 휘어잡는다면 최강철은 황금 알을 낳는 거위가 될 테니 말이다.

황인혜가 가져온 차를 타고 클리프턴으로 이동했다.

공항에서 거의 1시간이 걸렸는데 뉴욕 시내와는 거리가 상당히 떨어진 곳이었다.

화려한 빌딩으로 가득 찬 뉴욕의 중심가에서 점점 멀어지자 미국 특유의 마당 있는 집들이 나타나기 시작했다.

그녀가 차를 멈춘 곳은 클리프턴에서도 가장 외곽에 있는 집이었다.

집은 단층으로 지어졌고 작은 정원이 딸려 있어 제법 괜찮은 주택이었다.

"이 집이 강철 씨가 머물 집이에요."

"좋네요."

"방이 세 개니까 사시는 데 불편은 없을 거예요."

"밥하고 청소는요? 가정부는 없어요?"

"돈 들여서 쓰면 되죠. 월세 300달러로 이런 집을 구하는데 얼마나 내가 고생했는 줄 알아요?"

황인혜가 뾰족한 음성으로 말하자 윤성호가 입맛을 다시며 눈을 돌렸다.

그 모습을 보면서 최강철이 빙그레 웃었다.

그렇게 까칠한 윤성호도 황인혜 앞에서는 고양이 앞의 쥐처럼 바짝 엎드렸다.

여기까지 오면서 세 번을 부딪쳤는데 그때마다 게임은 윤성호의 완패로 끝나고 말았다.

럼블과 계약을 했으나 살 집까지 구해준다는 조건은 없었으니 이런 집을 구한 것만 해도 다행스러운 일이다.

괜찮다. 이제 막 신대륙에 건너온 신인 복서에게는 이것도 과분하다.

기브 앤 테이크가 철저하게 작용되는 미국 사회에서 아무런 조건 없이 누군가를 도와준다는 것은 말도 안 되는 일이다.

하지만 언젠가는 다른 지위 속에서 톰슨을 내려다보게 될 것이다.

일행을 이끌고 집으로 들어온 황인혜가 집 안을 소개했다.

한국과는 다르다.

월세로 얻은 집에는 온갖 가구가 전부 비치되어 있었는데 방에는 침대까지 있었다.

"여기가 부엌이에요. 뭔가 해 먹고 싶으면 여기서 요리할 수 있어요. 각종 그릇을 비롯해서 필요한 건 다 있으니까 말이죠. 자, 오늘은 오느라 힘들었을 테니까 대충 짐 풀고 쉬세요. 그러면 내일 레드불스센터와 다운타운가를 안내해 줄게요."

다음 날.

다운타운가를 거쳐 주요 식당과 편의점들을 안내해 준 황인혜는 일행들이 가장 궁금해했던 레드불스센터로 그들을 데려갔다.

굉장한 규모다.

세계 최고 프로모터가 운영하는 체육관답게 레드불스센터는 그 규모가 대단했는데 피지컬을 증진시키는 첨단 장비들과 복싱에 관련된 각종 기구들이 정연하게 구비되어 있었고 상대방의 경기 내용을 분석할 수 있는 영상실과 자료실까지 가지고 있었다.

센터에는 70여 명에 달하는 선수가 훈련에 열중하고 있었다. 황인혜의 말에 따르면 럼블에서 키우는 유망주들이 200여 명이나 이곳에서 훈련한다고 했다.

황인혜의 뒤를 따라 치프 매니저 사무실로 올라가자 50대의 중년인이 그들을 맞이했다.

"호오, 자네가 최강철이구만. 마크 브릴랜드를 이겼다는 그 최강철. 반갑네. 나는 피터라고 한다네."

"만나서 반갑습니다."

"내가 이곳의 책임자일세. 자네의 매니저와 코치가 이분들인가?"

"그렇습니다. 인사들 하시죠."

최강철이 몸을 슬쩍 비켜 피터를 가리키자 윤성호가 대뜸 입을 열었다.

"글래디트 미츄우. 아임 성호 윤."

"굿 애프터 눈, 피터. 마이네임 이즈 성일 이. 파인, 땡큐!"

이 자식도 뭔가 이상하단 걸 느낀 모양이다.

말을 끝내자마자 이성일이 고개를 갸우뚱하면서 자신을 쳐다봤지만 최강철은 그걸 싹 무시하고 어이없어하는 피터에게 눈을 돌렸다.

"피터, 우린 언제부터 훈련할 수 있습니까?"

"우리는 따로 훈련 시간이 없다네. 다만 센터는 아침 9시에 열고 저녁 6시에 닫으니까 그 시간만 준용하면 돼."

"무슨 말인지 알겠습니다."

"훈련에 필요한 지원은 우리 센터에서 해줄 것이네. 뭐든지 필요한 게 있으면 이야기하게."

　　　　　*　　　　　*　　　　　*

　삶의 터전을 옮겼을 때는 불편한 일들이 계속 생긴다.

　가장 그들을 불편하게 만든 것은 이동 수단이 마땅치 않다
는 것이었다.

　당장에라도 훈련을 시작하고 싶었으나 일행은 운전면허부
터 따는 데 전력을 기울였다.

　미국의 운전면허 시험도 우리나라와 똑같이 구성되어 있었
다.

　아니다. 우리나라가 미국식을 따라했으니 같은 방식인 건
당연한 일이다.

　먼저 운전면허를 딴 것은 최강철이었다.

　필기시험부터 실기 시험까지 한 번에 패스했는데 황인혜를
통해 중고차부터 사서 연습한 게 주효했다.

　이성일과 윤성호는 필기시험 때문에 애를 먹었다.

　운전에 문외한이었고 공부와는 담을 쌓고 살았던 그들이
필기에 합격한다는 건 결코 쉬운 일이 아니었다.

　그럼에도 이성일이 귀신같은 찍기 실력으로 필기시험을 먼
저 통과하자 윤성호의 분노가 하늘을 찔렀다.

　"말도 안 돼. 이놈이 먼저 따다니 기가 막혀 말이 안 나오
네. 뭔가 이상해! 분명히 내가 모르는 뭔가가 있어!"

"있긴 뭐가 있어요, 다 실력이지. 관장님은 이제 천천히 따도 돼요. 앞으로 운전은 내가 전담으로 할게요."

이성일이 어깨를 당당히 세우고 고개를 흔들었다.

자신감의 발로. 세상에서 가장 어려운 운전면허 시험. 그것도 미국 필기시험을 당당히 합격하고 실기까지 한 방에 통과한 그의 자신감은 하늘을 찌를 듯했다.

먹는 것도 힘들다.

된장찌개나 김치찌개를 먹고 살던 그들에게 미국에서의 삶은 고달픔 그 자체였다.

"아, 쌀밥에 삼겹살. 크으… 거기에 소주. 미쳐 버리겠네."

"거참, 호화스러운 메뉴들을 열거하시네. 난 김치만 있어도 살겠다고요. 거기에 고추장만 추가하면 천국 아니겠어요?"

"쩝, 맞는 말이다."

요즘 들어 이성일이 점점 똑똑해진다.

정확하게 분수도 챙겼고 현실적으로 접근하는 삶의 자세가 아주 훌륭했다.

그래서 그런가, 윤성호는 시간이 갈수록 이성일을 무시하지 못했다.

두 사람의 업무 분담은 명확했다.

윤성호는 최강철의 훈련을 맡았고 이성일은 영상 분석실에 있는 자료들을 보면서 최신 복싱 기술과 전략에 대해 공부를 했다.

상대가 아웃복싱을 구사할 때와 인파이터일 때의 대응 방안을 꼼꼼히 살펴 장단점을 분석해서 보고서를 작성했고, 요즘 유행하고 있는 스웨이백을 비롯해서 스토핑 후의 스트레이트에 관한 신기술들을 가져온 것도 이성일이었다.

이성일은 국내에 있을 때도 그랬지만 미국에 와서도 레드불스에 마련된 유명 선수들의 비디오와 복싱 매거진을 보면서 하루를 보냈는데 복싱을 보는 눈이 점점 높아지고 있었다.

황인혜가 그들을 다시 찾은 것은 미국에 온 지 한 달 반이 지났을 무렵이었다.

"인혜 씨가 웬일입니까?"

윤성호는 황인혜가 나타나자 반색을 하며 맞아주었다.

같이 있을 때는 고양이 앞의 쥐가 되었지만 오랜만에 그녀를 맞이한 윤성호의 얼굴은 웃음꽃이 환하게 피었다.

"톰슨이 보내서 왔어요."

"톰슨이 왜요?"

"시합이 잡혔거든요. 강철 씨는 두 달 후 래리 홈즈의 세계 챔피언 타이틀 방어전에서 언더 카드로 출전한대요."

"정말입니까? 상대가 누구죠?"

"여기 자료가 있으니까 보세요. 아마 조만간 톰슨이 이곳으로 날아올 거예요. 그는 최강철 선수한테 관심이 많거든요."

"아따, 그런 놈이 직접 오지 않고 인혜 씨를 시킨단 말입니까?"

"그 사람, 엄청 바쁜 사람이에요. 그럼에도 공항까지 마중 나가고 여기에 다시 온다는 건 그만큼 최강철 선수를 높이 평가하기 때문이에요. 욕할 일이 아니라고요."

"쳇, 바쁘긴 우리도 바쁘거든요!"

"지금 저한테 신경질 내시는 거예요?"

"아뇨… 그럴 리가요."

윤성호가 즉시 꼬리를 내리자 올라갔던 황인혜의 눈꼬리가 살그머니 쳐졌다.

그녀는 윤성호의 행동이 귀여웠던지 얇은 웃음을 짓고 있었다.

"그런데 최강철 선수는 어디 갔어요?"

"지금 예쁘게 씻고 있습니다. 훈련이 금방 끝났거든요. 그런데 딱 맞춰 저녁 먹을 시간에 오셨네요. 이왕 온 거 저녁 먹고 갈래요?"

"좋죠. 오늘은 내가 살게요. 다운타운 쪽에서 조금만 가면 아주 훌륭한 스테이크집이 있어요."

"아이고, 감사합니다."

*   *   *

최강철의 데뷔전 상대는 루카스였다.

그는 텍사스 출신으로 2년 전에 데뷔했는데 지금까지 6번을 싸워 5승 1패를 기록하고 있었다.

그가 거둔 3번의 KO승은 전부 3회 이내에 끝낸 것이었다.

언더 카드다.

세계 타이틀전은 보통 랭킹 전으로 2개의 메인 게임과 3개의 언더 카드 게임으로 구성된다. 언더 카드는 아예 방송에 잡히지 않는 오픈 게임이었다.

더군다나 언더 카드 경기는 일찍 온 관중들에게 서비스 개념으로 제공되는 경기였기 때문에 대부분 관중들이 없는 상태에서 벌어지곤 했다.

그럼에도 메인이벤트가 래리 홈즈라는 사실이 일행을 흥분시켰다.

래리 홈즈는 무적을 구가하며 헤비급을 호령하고 있었는데 이번 경기는 미국 백인들의 희망 게리 쿠니와의 일전이었다.

"돈 킹이 대단하긴 대단하네. 래리 홈즈의 경기에 강철이를 출전시키는 걸 보면 말이야."

"이 새끼들이 세계 선수권대회 우승자를 아주 홍어 좆으로 보는구만. 래리 홈즈 경기면 뭐 해요. 언더 카드에 6라운드잖아요!"

"야, 조용히 해. 인마, 그건 당연한 거야. 네가 아직 물정을 몰라서 그래. 올림픽 금메달리스트 슈가레이 레너드도 첫 경기는 6라운드부터 시작했어. 워낙 유명했던 놈이라 언더 카드는 아니었지만."

"우리 강철이는 세계 선수권대회 금메달리스트잖아요. 적어도 메인 게임으로는 뛰어야죠."

"야, 미국인하고 동양인이 같냐? 이 자식들은 인종 차별이 심한 놈들이야."

"하여간 기분 더럽게 나쁘네."

두 사람이 툭탁거리고 있었으나 최강철은 황인혜가 놓고 간 루카스의 전력에 대해서 꼼꼼히 살폈다.

자료에는 루카스의 신체 특징과 나이, 전적과 주 무기 등이 적혀 있었지만 그 외의 것들에 대해서는 아무것도 없었다.

거의 깡통 자료다.

결국 톰슨이 경기 영상 비디오를 가지고 올 때까지 기다려야 루카스의 정체를 어느 정도 알 수 있을 것 같았다.

"관장님, 경기가 잡혔으니까 내일부터는 본격적으로 훈련을 시작해야 되겠어요."

"그래야지. 스케줄 잡아놓을 테니까 확인하고 시작하자."

"경기는 두 달 후지만 실질적으로는 한 달 반이라고 생각해야 됩니다. 워낙 경기장이 멀어서 이동이 필요하거든요."

"하필이면 라스베이거스냐. 여기서 했으면 좋았을 텐데 말이야."

"그러게 말입니다."

"그나저나 이 자식이 도대체 어떤 놈인 줄 알아야 작전을 짤 텐데 걱정이네. 성일아, 거기 매거진 다시 한번 찾아봐. 전적이 꽤 좋으니까 루카스에 대해서 나온 게 있을지 몰라."

*　　　　*　　　　*

아마와 프로의 가장 큰 차이는 글러브에 있었다.

아마가 쓰는 글러브는 12온스였고 프로는 8온스를 쓴다.

무게의 차이가 난다는 것은 글러브의 크기가 작다는 것이고 솜의 양이 확실하게 줄어든다는 걸 의미했다.

프로에서 KO승부가 많이 나는 것도 그 때문이다.

8온스 글러브를 끼게 되면 펀치가 적중되었을 때 엄청난 대미지를 받을 수 있어 프로 선수들은 방어 기술을 익히는 데 목숨을 건다.

아무리 뛰어난 공격 기술이 있다 해도 방어에 실패하는 순간 언제든지 쓰러질 수 있기 때문이었다.

최강철은 자신의 아마추어 전적을 깡그리 무시하고 새롭게 시작하는 자세로 훈련에 임했다.

여기에 온 후 보름 정도 지났을 때 이성일이 스웨이 백이란 기술을 보여주었는데 좌우로 움직이던 스웨잉을 전후로 움직여 완벽하게 균형을 유지한 상태에서 반격을 가할 수 있도록 하는 기술이었다.

이미 완성 단계에 도달한 공격 패턴에 스웨이 백을 장착시키는 훈련을 가미했고 스토핑에 이은 스트레이트 공격 기술도 보강했다.

톰슨이 레드불스센터로 찾아온 것은 황인혜가 다녀간 후 보름이 지났을 때였다.

"미스터 최, 훈련은 재밌나?"

열심히 하느냐고 물은 게 아니라 재밌냐고 묻는다.

생각의 차이는 언제나 이런 차이점을 만들어내는 데 자라온 환경 탓이다.

"재밌습니다."

"그렇다면 다행이군. 훈련 장소는 어때, 마음에 들어?"

"아주 좋아요."

"자, 이건 루카스의 경기 영상일세. 보면 알겠지만 꽤 잘하는 친구야. 자네의 네임 밸류 때문에 특별히 선택한 거니까 실망하지 않을 걸세."

"전적이 좋더군요."

"4연승 중이야. 이번 경기에서 자네를 잡으면 루카스는 곧장 랭커와 붙게 될 걸세. 그놈도 꿈이 크지."

톰슨이 가지고 온 가방을 내밀었다.

그러나 최강철은 손으로만 가방을 들었을 뿐 시선을 톰슨의 얼굴에서 떼지 않았다.

"하고 싶은 말이 있습니다."

"뭐지?"

"내가 루카스를 이기면 두 달 이내에 경기를 잡아주십시오. 그리고 다음부터는 10회전 경기로 해주길 바랍니다. 상대는 아무나 상관없어요. 대신 언더 카드는 싫습니다. 나는 관중이 없는 곳에서 경기하는 걸 극도로 싫어합니다."

"언더 카드라서 기분 나쁜가?"

"나는 이런 대접을 받기 위해 미국에 온 게 아닙니다."

"오해를 한 모양이구만. 비록 자네의 경기가 언더 카드지만 메인 게임 전에 벌어지는 마지막 언더 카드일세. 관중들이 없는 곳에 우리가 왜 자네를 내보내겠어. 무슨 생각을 하고 있는지 모르나, 다시 한번 말하지만 우리는 자네를 럼블의 미래로 보고 있다네. 내가 이렇게 찾아오는 게 그 증거지. 나는 말일세, 웬만한 선수들은 매니저들만 보낸다네."

"좋습니다. 그렇다면 내가 럼블의 미래라는 걸 프로모션으로 보여주시길 바랍니다. 지금 럼블의 미래가 곧 굶어 죽게 생겼단 말입니다."

"그건 무슨 소린가?"

"가져온 돈이 거의 다 떨어져 갑니다. 집값 내고 차 샀더니 돈이 딸랑거려요."

"푸하하하… 그런가?"

"내 가치를 보여 드리죠. 루카스의 경기에서 말입니다. 그러니 톰슨 당신도 내 가치를 인정하고 제의를 받아들이면 고맙겠습니다."

"오케이, 그러지."

최강철은 톰슨이 유쾌하게 웃는 것을 보면서 따라 웃었다.

이성일은 언더 카드에 6라운드 경기라며 투덜댔으나 럼블 측에서는 최강철의 데뷔전에 엄청난 신경을 쓴 게 분명하다.

어떤 신인을 세계 타이틀전의 언더 카드, 그것도 미국인들의 관심이 한꺼번에 몰려 있는 래리 홈즈전에 내보낸단 말인가.

그럼에도 최강철이 톰슨을 압박한 것은 최대한 빨리 정상 궤도로 올라가고 싶었기 때문이다.

기껏 세 달에 한 번씩 경기를 치른다면 얼마나 많은 시간이 걸릴지 모른다.

*   *   *

루카스의 피지컬은 자신과 비슷했으나 어깨가 더 넓었고

목이 두꺼웠다.

다시 말해 맷집이 강한 타입이다.

톰슨은 루카스의 경기 장면이 담긴 비디오를 2개 가지고 왔는데 그것만으로도 그의 특징이 고스란히 나타났다.

상대를 압박하는 능력이 뛰어난 인파이터.

원투 스트레이트가 능하고 양 훅의 위력도 뛰어났다. 가장 인상적인 것은 피지컬에서 나타난 것처럼 맷집이 강하다는 것이었다.

같이 때리고 맞았는데도 휘청거리며 물러난 것은 루카스가 아니라 상대방이었다.

이성일은 비디오를 들고 영상 분석실로 들어간 후 하루 종일 꼼짝하지 않은 채 틀어박혀 그의 특징을 분석했다.

레프트 잽이 나올 때 스텝의 움직임, 연타를 터뜨릴 때의 어깨 각도, 스트레이트와 양 훅의 빈도, 콤비네이션이 작동할 때의 특성 등을 일일이 체크하며 시간을 보냈다.

최강철은 경기가 잡히자 그동안 해왔던 것처럼 피지컬을 정점으로 맞추기 위해 로드워크와 신체 강화 훈련을 시작했다.

이젠 피지컬이 어느 정도 완성되었기 때문에 지독한 훈련은 필요 없었지만 습관처럼 아침이 되면 달렸다.

레드불스센터에서 최강철이 본격적으로 훈련을 시작한 것도 그때부터였다.

한 달이 지나도록 현지에 적응하기 위해 운전면허를 땄고 주변 지형을 익히면서 시간을 보냈다.

금융가의 중심이란 맨해튼과 뉴욕대를 살폈고, 경영에서 최고를 자랑한다는 펜실베이니아대도 다녀왔다.

시간이 있을 때 하나라도 더 보고 경험할 생각이었다.

레드불스에서 훈련하는 선수들과 안면을 익혔지만 그들이 최강철의 훈련을 본 적은 드물었다.

이곳에 와서 본격적으로 훈련한 적이 거의 없었기 때문이다.

마크 브릴랜드를 때려눕힌 아시아의 갈색 폭격기.

최강철이 이곳에 왔다고 했을 때 그런 소문은 이미 파다하게 퍼져 있었는데 막상 도착했음에도 한 달이 넘도록 훈련을 하지 않자 선수들의 관심은 뜸해진 상태였다.

아니다, 그 정도가 아니다.

그들은 최강철을 비웃고 있었다.

꿈을 위해 힘들게 바다 건너온 놈이 제대로 훈련조차 하지 않고 빈둥빈둥 놀고 있는 것을 보면서 그들은 최강철이 데뷔전도 치르지 못하고 한국으로 돌아갈 거라며 비웃음을 숨기지 않았다.

놈의 눈에는 하루 종일 구슬땀을 흘리는 자신들의 노력이 보이지 않는 것 같았다.

최강철이 아침 일찍 훈련복으로 갈아입고 나타난 것을 보며 의외라는 눈빛을 보낸 것도 그런 이유가 있었기 때문이다.

선입감이 무너지는 건 단 한순간에 지나지 않았다.

가볍게 줄넘기를 마치고 스트레칭으로 몸을 푼 최강철이 샌드백 앞으로 다가갔을 때 그들의 눈이 놀람으로 가득차기 시작했다.

팡… 파앙… 팡, 팡, 팡!

마치 총알처럼 쏟아지는 펀치의 향연.

가볍게 레프트 잽으로 샌드백의 타깃을 조율한 최강철의 콤비네이션 펀치가 터지기 시작하자 체육관에 있던 선수들이 슬금슬금 몰려들었다.

그만큼 강렬한 파공음이 그들의 귀를 자극했기 때문이다.

소리가 다르다. 그리고 가까이서 보자 샌드백에서 작렬하는 펀치의 속도와 강도가 무시무시했다.

센터장인 피터는 경기가 잡힌 최강철을 위해 스파링 파트너를 계속해서 붙여주었다.

레드불스에는 웰터급과 슈퍼 웰터급에 해당하는 선수만 해도 50명이 넘었기 때문에 스파링 파트너의 자원은 흘러넘칠 정도였다.

국내에 있을 때와 또 다른 환경이었고 즐거움이었다.

최강철과 스파링을 끝낸 선수들은 전부 고개를 절레절레 흔들며 힘든 표정을 숨기지 않았으나 스파링 시간이 되면 서로 손을 들어 자원했다.

　그들 역시 세계 챔피언을 꿈꾸는 선수들이었기에 빠른 스텝에서 뿜어져 나오는 최강철의 펀치를 견뎌내며 상대하는 것이 너무나 즐거웠기 때문이다.

　스파링을 할 때 선수들은 전력을 기울이지 않는다.

　특히 시합을 앞둔 선수의 연습 상대로 올라가는 사람은 더욱더 그렇기에 그들은 자신이 막상 링에서 붙는다면 최강철에게 질 거라고 생각하지 않았다.

　실전은 스파링과 다르기 때문이다.

　최강철이 아무리 빠른 스텝과 콤비네이션 능력이 좋다 해도 자신들이 적극적으로 반격을 가하면 그런 펀치들을 낼 수 없다는 게 그들의 생각이었다.

　그런 생각을 최강철도 알고 있었다.

　그럼에도 최강철은 웃으며 그들이 상대해 주는 걸 고마워했다.

　그들은 모른다. 스파링을 하는 동안 자신이 가지고 있는 것의 반밖에 보여주지 않았다는 사실을.

　자신이 진짜 싸우면 어떻게 되는지 모르기 때문에 하는 행동 가지고 기분 나빠할 이유가 하나도 없었다.

시간이 지날수록 선수들과의 관계가 좋아졌다.

최강철이 예의 바르게 행동하면서 그들과 격의 없게 지냈기 때문이다.

두 달이란 시간은 금방 흘러갔다.

뉴욕에서 라스베이거스의 거리는 비행기로 4시간이 걸렸고 숙소까지 이동 시간을 감안한다면 6시간을 이동해야 했다.

그리 긴 시간은 아니었음에도 최강철이 일행들과 함께 시합 삼 일 전에 라스베이거스로 날아간 것은 계체량 측정을 비롯해서 시합에 필요한 준비를 하기 위함이었다.

모든 준비는 황인혜가 해주었는데 비행기 티켓팅부터 라스베이거스에 있는 호텔과 렌트카 예약은 물론이고 한국인 식당이 어디 있는 것까지 알려주었다.

라스베이거스.

일류 호텔들이 줄지어 서 있고 명품을 처바른 자들이 도박장에 몰려들어 한탕을 꿈꾸는 환락의 도시다.

더군다나 지금은 래리 홈즈와 게리 쿠니의 경기가 눈앞으로 다가왔기 때문에 미국 전역에서 수많은 사람이 몰려들어 라스베이거스는 몸살을 앓고 있었다.

그런 와중에 일행이 호텔을 구할 수 있었던 것은 황인혜 덕분이기도 했지만 그들의 숙소가 라스베이거스 중심에서 30분이나 떨어진 곳에 위치한 삼류 호텔이었기 때문이었다.

럼블 측은 냉정했다.

각종 편의는 봐줬지만 돈이 들어가는 것은 전부 최강철의 몫으로 남겨두었다.

숙소로 가기 전 일행은 경기가 벌어지는 시저스 팰리스호텔에 잠시 들렀다.

멋지다. 고대 건축물을 연상시키는 호텔은 화려한 조명 등으로 무장한 채 보는 사람에게 위압감이 들도록 만들고 있었다.

마치 꿈을 꾸는 것 같았다.

궁전처럼 멋들어진 저 건물이 왠지 낯설지 않게 여겨져 최강철은 한동안 움직이지 않은 채 바라보았다.

이곳에서 시작한다. 나의 원대한 꿈의 첫 발자국은 바로 이곳에서 시작될 것이다.

*   *   *

시합 당일이 다가오자 전 미국이 들썩였다.

래리 홈즈와 맞상대하는 선수가 미국 백인들의 희망 게리 쿠니였기 때문이다.

아직도 미국은 인종주의가 판을 치고 있어 미국인들은 게리 쿠니가 흑인인 래리 홈즈를 이기고 세계 챔피언이 되기를 간절히 희망하고 있었다.

그동안 헤비급의 인기는 래리 홈즈로 인해 시들해진 상태였다.

오랜 장기 집권을 했음에도 아웃복싱을 하면서 상대를 야금야금 처단하는 래리 홈즈의 경기 스타일이 팬들에게 어필하지 못했기 때문이다.

그런 와중에 게리 쿠니의 등장은 미국 백인들의 열망에 불을 지폈다.

비록 지금은 슈가레이 레너드를 비롯한 슈퍼스타들이 천하를 호령하며 웰터급을 복싱의 중심 체급으로 만들었으나 과거에는 헤비급이 단연 복싱 팬들에게는 인기 절정이었다.

향수다.

미국인들은 게리 쿠니가 래리 홈즈를 꺾고 또다시 헤비급을 천하의 중심지로 거듭 태어나게 만들어주길 기대하고 있었다.

이 시합에서 미국인들의 기대가 어떤지는 미국 대통령의 처신으로 충분히 나타났다.

그는 게리 쿠니가 이겼을 경우 축하의 인사까지 계획하고 있었는데 래리 홈즈에게는 어떠한 메시지도 전달되지 않았다.

*   *   *

"어이, 토머스. 우리 너무 빨리 온 거 아냐?"

"크크크… 할리, 너 언더 카드에 나오는 애들 이름 확인했
어?"

"언더 카드로 나오는 애들을 뭐 하러 확인해. 내가 그렇게
한가한 사람인 줄 알아?"

스포팅뉴스의 할리가 눈을 오므렸다.

토머스의 질문에서 뭔가를 느꼈기 때문이다.

스포츠라인의 민완 기자 토머스는 복싱에 대해서 닥터라고
불릴 정도로 정통한 놈이었기에 수상한 냄새가 물씬 풍겼다.

그런 놈이 한 시간이나 먼저 서둘러 오자고 했을 때는 그
저 뉴스거리를 하나라도 더 건지기 위한 것이라고 생각했다.

하지만 지금 보니 그 이유 때문이 아닌 것 같았다.

토머스의 웃음에서 흘러나오는 이완된 표정은 자신의 판단
이 맞다는 것을 의미하고 있었다.

"하긴, 래리 홈즈와 게리 쿠퍼의 대결에 온 나라의 정신이
팔렸으니 그럴 만도 하지. 이해해."

"뭐야, 지금 나 놀리는 거야?"

"그럴 리가 있나. 그냥 재밌어서 한 말이니까 너무 신경 쓰
지 마."

"이제 그만 장난치고 말해. 뭐야?"

"2년 전 기억 나? 세계 선수권대회."

"당연히 기억하지. 그런데 그게 뭐 어쨌다는 거야? 오래전 일을 새삼스럽게 왜 꺼내고 그래?"

"때가 됐거든."

"무슨 때?"

"2년 전 세계 선수권대회에서 우리를 놀래게 만든 놈, 그놈이 오늘 언더 카드로 출전한다."

"뭐라고? 정말이야!"

"이제 정신이 번쩍 드는 모양이구만. 맞아, 최강철. 그놈이 오늘 나온단 말이지."

"아이고."

"브릴랜드까지 때려눕힌 동양의 갈색 폭격기. 내가 허리케인 이라고 불렀던 놈이지."

"우와, 미치겠네. 그런데 왜 난 몰랐지?"

"럼블에서 극비로 데려온 모양이야. 내가 톰슨을 조졌더니 그저 웃기만 하더군."

"음흉한 놈이구만."

"내가 알아본 바에 의하면 벌써 4개월 전에 미국으로 넘어와 있었어. 레드불스에서 데리고 온 한국 트레이너진과 훈련하고 있었단다."

"왜 그랬지?"

"뭐가?"

"그놈은 상품이 좋잖아. 충분히 홍보할 수 있었을 텐데?"

할리가 의문을 나타냈다.

어쩌면 당연한 의문이었다. 세계 선수권대회에서 차기 세계 챔피언감이라고 불리던 마크 브릴랜드까지 깨뜨린 놈을 데려 왔으면 당연히 홍보를 때려야 정상인데, 럼블 측에서는 어떤 액션도 보이지 않았기 때문이다.

하지만 토머스의 얼굴에서는 여전히 웃음이 흐르고 있었 다.

"최강철이 백인이고 미국인이었으면 당연히 그랬겠지. 하지 만 그놈은 한국인이라고. 자넨 우린 미국인들의 정서를 잘 알 잖아."

"그래서 직접 눈으로 확인시켜 주려고 그랬다?"

"빙고. 그래서 이런 빅 이벤트에 출전시킨 거겠지."

"이유가 조금 약해. 그런 이유라면 당연히 메인 게임에 배치 해야 되는데 놈은 언더 카드라고."

"럼블 측에서는 간을 보는 거야. 최강철이 어떤 빅뱅을 터 뜨릴지 자신이 없었던 거지. 메인 게임에서 죽을 쓰면 그것도 뉴스거리야. 돈 킹이 형편없는 놈을 데려왔다는 게 소문이라 도 나면 쪽팔리잖아."

"그렇기도 하겠구만."

"자, 슬슬 가보자고. 이제 조금 있으면 그놈 차례야. 희대의 풍운아인지, 아니면 잠깐 떴다가 사라져 버리는 허수아빈지 우리 두 눈으로 확인해 보면 되겠지."

*   *   *

최강철은 라커룸에서 출전 준비를 마친 후 조용히 눈을 감았다가 천천히 떴다.

진행 요원이 바라보는 앞에서 낀 8온스 글러브가 마치 가죽 장갑을 낀 것처럼 느껴졌다.

밴딩을 두껍게 했기 때문에 글러브는 자신의 주먹과 완전히 밀착되어 있었다.

"긴장 안 했지?"

"긴장되는데요."

"데뷔전이라고 긴장하면 안 돼. 넌 아마추어에서 무적의 챔피언이었어. 프로라고 하지만 웬만한 놈들은 아마추어보다도 못하단 말이다."

당연한 이야기다.

하지만 지금은 최강철의 긴장된 마음을 풀어주기 위함일 뿐이다.

루카스의 시합이 담긴 비디오를 본 결과 놈은 아주 지능적이었고 거칠었으며, 펀치력과 투지가 좋았다.

더군다나 오늘 경기는 아마추어처럼 3라운드가 아니라 6라운드였고 8온스 글러브를 끼기 때문에 조심할 필요가 있었다.

아마추어 시절 12온스를 끼고 싸울 때처럼 대줘서는 치명적인 대미지를 입게 될지도 몰랐다.

"처음엔 아웃복싱으로 시작한다. 그다음에는 성일이가 분석한 것처럼 작전대로 밀고 나가. 어차피 우리가 여기서 살아남기 위해서는 대충해서는 안 돼. 알지?"

"압니다."

"잘해줄 거라고 믿는다."

윤성호가 최강철의 어깨를 힘 있게 주물렀다. 그의 손에 담긴 것은 희망과 간절한 기원이었다.

톰슨이 문을 열고 들어온 것은 경기 출전 준비를 알리는 진행 요원의 사인이 왔을 때였다.

그는 오늘 하루 종일 코빼기도 보이지 않았는데 럼블이 주최하는 시합이었기 때문에 정신없이 바빴던 건 같았다.

"강철, 컨디션은 어떤가?"

"좋습니다."

"재밌게 해. 알았지?"

"그럼요."

웃는 톰슨을 향해 마주 웃어주었다.

똑같은 말이다. 반드시 이기라거나 잘 싸우라는 말 대신 그는 재밌게 하라는 말을 썼다.

상황 파악이 된 후 그의 의중을 정확하게 파악할 수 있었다.

미국에 들어온 지 4개월이 지났지만 돈 킹의 얼굴은 구경조차 할 수 없었고 럼블의 관심도 기대 이하였다.

말로는 럼블의 미래라느니 어쩌느니 하면서 떠들고 있었으나 아직 그들은 완전히 자신을 믿지 못하고 있다는 뜻이다.

그랬기에 웃어주었다.

재밌게 하라는 말 대신 간절한 눈으로 이겨주기를 바란다는 말이 톰슨과 돈 킹의 입을 통해 쏟아져 나올 때까지 참아준다.

*   *   *

언더 카드였기에 관중이 적을 것이라는 그의 판단은 틀렸다.

25,000명을 수용하는 시저스 팰리스호텔의 특설 링은 이미 10,000여 명의 관중이 들어와 시합을 구경하고 있는 중이었다.

워낙 거대한 관중석이었기에 VIP석을 중심으로 빈자리가 많이 보였다. 하지만 많은 관중이 있었기 때문에 끝이 보이지 않았다.

다른 사람 같았으면 오금을 지릴 정도로 어마어마한 규모였고 관중들이었다.

제3경기 언더 카드의 출전 선수로 최강철이 소개되었으나 관중들의 반응은 싸늘했다.

아니다. 조금 시간이 지나 그의 모습이 나타나면서부터는 싸늘했던 반응을 넘어선 야유의 목소리가 터져 나오기 시작했다.

이유는 금방 드러났다.

"노랭이, 여기는 뭐 하러 왔냐! 피 떡이 되어 기어나가려고 온 거냐?"

대체적으로 비슷한 야유였다.

그 목소리들을 들으며 최강철이 피식 웃었다.

저들은 반대편에서 미리 올라와 기다리고 있는 루카스가 미국인이라는 사실 때문에 자신을 경원시하는 것이 분명했다.

분위기 탓이다. 이곳에 몰려든 관중들 대부분이 게리 쿠니를 응원하러 왔으니 그 분위기가 자연스럽게 미국인과 싸우러 온 자신에게까지 연결된 것이다.

너희들의 반응이 그렇다면 그 분위기에 맞춰준다.

통로를 따라 링에 오른 최강철은 아무런 행동도 하지 않고 코너에서 움직이지 않았다.

이미 몸은 라커룸에서 충분히 풀었기 때문에 야유하는 관중들을 자극할 이유가 없었다.

"강철아, 내가 말한 거 잊지 마. 놈은 라이트스트레이트를 때릴 때 레프트 잽을 내면서 오른쪽 어깨가 뒤로 빠져. 그때가 콤비네이션의 시작이야. 스텝은 오른손잡이와 상대할 때면 언제나 좌측으로 세 번 움직이다가 공격하는 특징이 있고 펀치를 맞추지 못했을 때 뒤로 한 발 물러나. 꼭 기억해야 해."

"알았다."

"그리고 상대가 러시가 들어오면 고개를 숙이는 버릇이 있어. 어퍼컷이 즉효다. 무슨 말인지 알지?"

"응."

이성일의 말을 들으며 최강철이 빙그레 웃었다.

벌써 귀가 따갑게 들은 말이지만 막상 링에 올라오자 이성일은 속사포처럼 자신이 분석했던 내용들을 떠들어댔다.

이성일이 분석해서 내놓은 것들은 지금 말한 것 이외에도 여러 가지가 있었다.

스트레이트와 훅의 빈도, 레프트 잽을 낼 때의 특징 등 세세한 것까지 분석해서 내놨는데 제법 전문가 티가 났다.

"꼭 이겨줘."

"알았어."

"이 자식아, 너 때문에 날 기다리고 있는 수많은 아리따운 아가씨를 내팽개치고 여기까지 왔어. 그러니까 지면 죽을 줄 알아!"

"수많은 아가씨 누구?"

"우리 학교에 있는 여대생들이 다 잠재적인 내 고객들이야."

"크크크… 지랄한다."

최강철이 유쾌하게 웃었다. 편하다. 이성일과 함께하면 언제나 이렇게 마음이 편해진다.

장내 아나운서의 소개는 간단했다.

자신의 국적과 이번이 데뷔전이라는 소개만 간단하게 했는데 심지어 아마추어 전적조차 이야기하지 않았다.

몰라서 그랬던 건지 아니면 알면서도 그런 건지 알 수 없다.

38전 37KO승이란 전적은 아마추어에서 신화로 불릴 정도였으나 사회자는 그러한 사실을 깡그리 무시했다.

그의 소개가 끝나자 다시 한번 운집된 관중들 쪽에서 야유의 함성이 흘러나왔다.

가볍게 링으로 나가 팔을 든 후 코너로 돌아오자 이번에는 루카스가 소개됐다.

미친놈들.

루카스의 전적과 사이즈가 소개되자 미국 관중들이 열렬하게 환호를 터뜨리며 소리치기 시작했다.

아직 모든 관중이 들어오지 않았음에도 그들의 함성 소리가 마치 폭탄 터지는 것처럼 들렸다.

"저 씨발 놈들, 지랄하는구만. 깡그리 무시해 버려."

"저런 것에 흔들리지 않습니다. 복싱은 주먹으로 하는 거잖아요."

"그렇지. 바로 그거야."

최강철의 대답에 윤성호가 고개를 끄덕이며 부지런히 바셀린을 꼼꼼하게 발라주었다.

12온스와 다르게 8온스는 펀치를 맞았을 경우 커팅되는 경우가 많았기 때문에 그는 정성을 다해 쉽게 찢어지는 부위를 마사지했다.

심판이 부르는 손짓을 본 이성일의 얼굴이 긴장감으로 허옇게 질리고 있었다.

하지만 최강철은 그런 놈의 가슴을 툭 쳐주며 빙긋 웃었다.

"너무 걱정하지 마라. 인마, 그러다 쓰러질라."

"강철아, 제발 이겨야 해. 꼭 이겨야 한다."

"웅, 알았어."

심판의 신호에 의해 링 중앙으로 나가자 마주 다가온 루카스가 예리한 눈으로 자신을 노려보기 시작했다.

기선 제압을 하고 싶은 모양이었다. 무심한 눈으로 그의 시선을 받아주었다. 비디오에서 본 것처럼 두꺼운 목을 지녔고 어깨가 벌어졌는데, 얼굴에 나타나는 표정에는 자신감이 읽혀졌다. 자신을 열렬하게 응원하는 관중들의 분위기에 잔뜩 고무된 모습이었다. 천천히 주먹을 부딪치고 코너로 돌아왔다가 공이 울리는 소리와 함께 고개를 좌우로 꺾은 후 링의 중앙으로 나갔다.

이제 시작이다.

열광적으로 떠드는 관중들의 함성은 이미 귀로 들어오지 않았다.

오직 그의 눈에 보이는 것은 들소처럼 링의 중앙을 점유하며 뛰어나오는 루카스의 모습만 보였을 뿐이다.

*   *   *

피터와 샘은 LA의 중심가에서 활동하는 변호사들로 복싱광들이었다.

특히 오늘 게임은 빅 이벤트였기 때문에 오래전부터 예약을 해서 기다려 왔는데 경기 시작 2시간 전에 와서 언더 카드까지 전부 보고 있는 중이었다.

2개의 언더 카드 경기는 흥미가 떨어졌다.

나름대로 치고받으며 열심히 싸웠지만 긴장감도 없었고 수준도 고만고만해서 흥미가 돋지 않았다.

그럼에도 기대를 하지 않아서인지 실망감조차 들지 않았다. 어차피 본게임은 오픈 경기부터다.

오늘 메인으로 잡혀 있는 오픈 게임은 WBA 라이트급과 미들급의 랭킹전이 준비되어 있어 수준 높은 경기를 보게 될 것이다.

더군다나 래리 홈즈와 게리 쿠니의 대결은 상상만 해도 몸이 오싹거릴 정도로 기대되는 시합이었다.

게리 쿠니의 강한 펀치력이라면 링의 여우라고 불리는 래리 홈즈를 잡을 수 있을지도 모른다.

"이번에는 루카스가 나오는구만. 루카스 경기는 화끈하지."

"그런데 상대가 한국 놈이야. 이봐, 샘. 이놈이 누군지 알아?"

"내가 그런 놈을 어떻게 알아. 이름조차 들어본 적이 없어."

"그런데 이런 놈이 어떻게 루카스의 상대가 됐을까. 아예 전적조차 없는데."

"루카스 이놈, 안전 운행을 하는 건지도 모르겠다. 조만간에 10라운드로 올라간다더니 몸을 사리는 모양이네."

"어쨌든 루카스가 경기는 잘해. 역시 복싱은 인파이팅이지.

루카스가 이 상태로 잘만 성장한다면 새로운 강자가 한 명 탄생할 거야."

"요새 웰터급은 정말 무시무시한 놈들이 많아. 루카스가 더 화끈하지 않으면 버텨내기 힘들어. 이번 경기는 어쩐지 재미없을 것 같다는 생각이 드는군. 저 냄새 나는 한국 놈은 루카스의 펀치력이 무서워서 도망만 다니다 말 것 같은 생각이 든단 말이지. 한국 놈들이 질긴 거로는 유명하잖아."

"그걸 극복해야 강자가 되는 거지. 도망 다니는 놈을 완벽하게 때려잡는 능력을 보여줘야 팬들이 생기는 거라고."

"어쨌든 이제 시작하니까 지켜보자고. 우리 내기할까?"

"무슨 내기?"

"루카스가 저놈을 몇 회에 쓰러뜨리는지 알아맞혀 보는 거야. 내일 점심 내기 어때?"

"좋아, 그렇다면 난 3회에 걸겠어."

"난 2회에 걸지. 이제 데뷔하는 놈을 상대로 2회를 넘긴다면 난 루카스를 달리 보게 될 거야."

*　　　　*　　　　*

최강철은 마주치자마자 라이트 훅을 던져오는 루카스의 전진을 더킹으로 피한 후 좌측으로 돌았다.

그냥 돈 게 아니라 레프트 잽이 동반된 이동이었다.

쉬익!

단 한 방에 루카스의 고개가 젖혀졌다.

놀라는 게 눈에 보였다.

그의 레프트 잽은 거의 스트레이트 성이었기 때문에 제대로 맞으면 충격을 받을 만큼 강하다.

연속으로 레프트 잽이 날아가자 루카스의 가드가 바짝 올라갔다.

잽이라고 그냥 맞춰줬다가는 대미지를 입게 될 것 같다는 판단이 들었기 때문일 것이다.

강한 체력과 펀치력이 있었지만 스피드가 느리다.

아무리 훌륭한 선수라도 스피드가 없다면 빠른 발을 가진 아웃복서를 잡아내는 게 어렵다.

루카스의 스피드는 최강철의 스텝을 따라 오지 못했다.

잽을 피한 후 반격을 가해왔지만 최강철은 이미 사정권에서 벗어나 있는 상태였다.

레프트 잽으로 거리를 재며 원투 스트레이트와 복부를 때린 후 빠져나갔다.

이번 라운드는 철저하게 윤 관장의 지시대로 움직일 생각이었다.

그렇다고 해서 관중들을 지루하게 만들 생각은 없었다.

아웃복서가 인기가 없는 것은 많은 선수가 도망 다니며 점수 위주의 경기를 하기 때문이었지만 그렇지 않은 선수도 있다.

그게 바로 슈가레이 레너드다.

그는 근본을 아웃복싱에 두고 있었으나 기회가 날 때마다 폭풍 같은 연타로 반격을 해서 관중들을 열광시키는 스타일이었다.

하지만 단점도 있다.

그가 복싱 역사상 최고의 테크니션으로 인정받으면서도 복서로서 최고의 인기를 누리지 못한 것은 타이슨처럼 위험을 감수하는 용맹함과 결단력을 보여주지 못했기 때문이다.

최강철은 프로에 데뷔하면서 확고하게 자신만의 스타일을 구상했다.

바로 아웃복싱에서 이어지는 불꽃같은 인파이팅이었다.

복싱은 관중들의 흥분으로 인기를 얻었고 그들이 내지르는 함성으로 돈을 버는 운동이었다.

언제 어느 순간 터져 나올지 모르는 인파이팅의 마력으로 관중을 사로잡지 못한다면 아무리 좋은 시합을 해서 승리를 한다 해도 강렬한 인상을 남길 수가 없다.

루카스는 최강철이 아웃복싱을 구사하며 틈이 날 때마다 반격을 가해오자 서서히 눈이 붉어졌다.

빠른 발을 이용해서 돌아나가는 최강철의 공격에 벌써 여러 차례 클린히트를 허용했기 때문에 그의 심장은 분노로 들끓기 시작했다.

컴온, 컴온.

좌측으로 도는 최강철을 향해 그가 손짓으로 도망가지 말고 덤비라는 신호를 보냈다.

자신을 응원하는 관중들에게 상대가 도망만 가기 때문에 제대로 된 시합을 할 수 없다는 것을 어필한 건지 아니면 최강철을 도발해서 자신의 의지대로 경기를 끌어나가고 싶었던 건지 알 수 없었지만 답답해하는 것만은 분명해 보였다.

지금 최강철은 슈가레이 레너드의 스타일을 그대로 따라하는 중이었다.

빠른 스텝을 이용해서 적의 펀치를 흘려내고 반격한 후 후속 공격을 무력화시키는 전략.

이런 게임은 관중들이 지루할 새가 없다.

언제 어느 순간 반격이 터져 나올지 모르기 때문이다.

루카스로서는 미치고 펄쩍 뛸 노릇이겠지만 최강철은 스토핑에 이은 레프트 스트레이트와 패링에 이은 크로스 카운터를 적절하게 터뜨렸고 기회가 날 때마다 연타를 쏟아낸 후 뒤로 물러섰다.

루카스의 맷집이 워낙 좋았기 때문에 버틴 것이지 이것만

으로도 웬만한 복서들은 충분히 충격받을 정도의 공격들이었
다.

마치 상처 입은 황소처럼 저돌적으로 밀고 들어오는 루카
스의 양 훅을 피하며 날이 선 눈으로 최강철은 양쪽 보디와
어퍼컷을 날린 후 화살 같은 스트레이트를 퍼부으며 좌측으
로 돌아나갔다.

분노다.

루카스의 눈에는 이제 서서히 분노가 담기고 있었다.

자신의 주먹은 매번 허공만 흘러 다녔고 샌드백처럼 당하
고만 있으니 냉철함으로 무장되어야 할 이성이 서서히 무너져
내리는 것 같았다.

그런 루카스의 눈을 보면서 최강철은 거리를 확보한 채 아
웃복싱을 구사했다.

이성일의 분석은 너무 정확해서 루카스의 움직임과 공격
패턴, 그리고 수비할 때의 단점이 라운드 중반부터 눈으로 들
어왔기 때문에 경기를 수월하게 진행할 수 있었다.

물론 그건 자신의 동물 같은 반사 신경이 칼날처럼 반응했
기 때문에 가능한 일이다.

8온스의 위력은 역시 무섭다.

무차별적으로 퍼붓는 루카스의 펀치 대부분을 방어 기술
로 피했으나 가끔 방어막을 뚫고 들어온 주먹은 스쳐 맞았어

도 12온스보다 훨씬 강한 파괴력이 있었다.

그런 면에서 봤을 때 지금 루카스는 죽을 맛이었을 것이다.

벌써 클린히트가 들어간 것만 해도 20여 차례나 되었기 때문에 아무리 맷집이 대단한 루카스라 해도 대미지가 쌓여갈 수밖에 없다.

완벽한 경기였다.

아웃복싱의 정석에 이은 패턴 공격은 1라운드 내내 루카스를 괴롭히며 완벽한 우세를 점유한 채 끝났다.

관중들을 실망시키지 않았다는 것은 그들의 입에서 흘러나오는 감탄만으로도 충분히 알 수 있었다.

하지만 이게 전부가 아니다.

당신들은 곧 진정한 복싱이 무엇인지 구경하게 될 것이다.

"잘했다, 강철아."

"뭘요, 기본이죠."

"이 자식아, 이럴 때는 조금 겸손하라고 몇 번이나 말해. 어떠냐, 저놈?"

"펀치가 좋네요. 압박도 제법 훌륭하고요. 하지만 괜찮습니다. 예전에 상대했던 가르곤이나 브릴랜드에 비하면 많이 부족한 놈입니다."

"내가 보기에도 그렇더라. 그래도 조심해. 한 방에 갈 수 있어."

"알아요."

"1라운드만 더 하자."

"아뇨, 그냥 여기서 끝내는 게 좋겠어요."

"왜?"

"아웃복싱을 보여준 건 1라운드만으로 충분합니다. 이제 손이 근질거려서 참기 힘들어요."

2라운드에 들어서자 루카스의 스텝이 바뀌었다.

1라운드에서는 무작정 밀고 들어오더니 디렉션 웨이를 차단하는 스텝을 구사하기 시작했다.

이 스텝은 그 유명한 챠베스의 전매 특허였다.

빠른 발을 지닌 상대로 하여금 도망 다니는 길을 차단해서 계속 몰고 나가는 전략인데 아무리 체력이 좋은 선수들도 3라운드만 지나면 숨을 헐떡거릴 만큼 지치게 된다.

물론 그 와중에도 정교한 펀치를 날려 상대로 하여금 잠시도 쉴 수 없게 만드는 파워와 체력이 동반되어야 가능한 전략이다.

최강철의 얼굴에서 웃음이 떠올랐다.

기껏 6라운드에 불과한 경기에서 디렉션 웨이 차단 스텝을 구사하는 루카스의 행동이 우스웠기 때문이었다.

자신은 지금 당장에라도 12라운드를 풀로 소화할 수 있는 체력이 있었다.

전략이 잘못됐다.

네가 생각했는지 아니면 너의 코칭스태프가 주문한 건지 모르나 최강철이 어떤 인간인지 지금부터 보여준다.

위잉!

후퇴로를 선점하고 날려 온 루카스의 좌우 스트레이트가 빠져나가는 순간, 그동안 물러서던 최강철의 스텝이 멈췄다.

그런 후 강한 양쪽 훅이 보디를 향해 날아갔다.

퍽, 퍽!

의외의 반격에 루카스의 신형이 멈칫했다.

펀치의 강도가 달라졌기 때문이다.

움직이며 던지는 펀치를 여러 차례 맞았으나 충분히 견딜 만하다고 생각했는데 놈이 스텝을 멈춘 채 터뜨린 보디 공격을 맞자 몸이 경직 현상을 일으켰다.

우습게도 코치들이 주문했던 디렉션 웨이 차단 전략은 그 때부터 무용지물이 되고 말았다.

그가 공격할 때마다 현란한 스텝을 보여주며 달아나던 최강철이 스텝을 멈춘 채 반격을 가해왔기 때문이었다.

'이 새끼, 이거 미친 거 아냐!'

주먹에는 자신이 있었다. 그러나 더 자신이 있는 건 자신의 맷집이었다.

지금까지 6번을 싸웠으나 한 번도 다운을 당하지 않았고 그것을 바탕으로 상대를 몰아붙여 승리를 거둬왔다.

이놈이 무슨 생각으로 이런 짓을 하는지 알 수 없었으나 자신에게는 더없이 좋은 기회였다.

그때부터 루카스는 최강철에게 접근해서 무차별적으로 펀치를 휘둘러댔다.

관중들의 함성 소리가 서서히 커지기 시작했다.

1라운드에서도 최강철이 선보인 완벽한 아웃복싱에 매료되었던 관중들은 양 선수가 링 중앙에서 부딪혀 주먹을 갈겨대자 뜨거운 열기에 사로잡혀 갔다.

최강철은 무차별적으로 펀치를 던져오는 루카스에 맞서 자신이 익혀온 방어 기술들을 가동시키며 역습을 가했다.

스토핑에 이은 스트레이트, 패링에 이은 크로스 카운터, 스웨이 백에서부터 시작되는 연타 기술까지 새로 익힌 기술들을 번갈아가며 선보였다.

이렇게 1분을 끈다.

루카스의 주먹은 두렵지 않았다.

아무리 그의 펀치가 강하다 해도 정타를 맞지 않을 자신이 있었다.

관중들의 함성이 점점 커져가는 것을 느끼며 최강철은 루카스의 빈 곳을 골라가며 철저하게 유린했다.

쉬익, 팡!

생각했던 1분이 지났고 관중들의 함성이 절정으로 올라갔을 때 최강철의 라이트스트레이트가 루카스의 안면에 그대로 틀어박혔다.

비틀거리며 한 발 물러서는 루카스.

최강철의 폭풍 같은 전진이 시작된 것은 그때부터였다.

지금까지 꽁꽁 숨겨왔던 자신의 비장의 무기, 콤비네이션 펀치들을 꺼내 든 것이었다.

파앙, 팡, 팡, 팡……!

오른쪽 스트레이트부터 시작된 콤비네이션이 오른쪽 옆구리에 터진 레프트 훅에 이어 안면으로 올라갔다.

전광석화와 같은 콤비네이션의 출발.

루카스의 신형이 순식간에 터진 10발의 공격에 뒤로 물러나기 시작했다.

비록 가드를 올린 채 방어하고 있었으나 그토록 강한 맷집을 가졌다는 루카스는 반격할 생각조차 못하고 뒤로 물러나기 바빴다.

그냥 두지 않는다.

최강철은 예리한 눈으로 루카스의 후퇴를 따라잡으며 원거리에서 묵직한 라이트 훅을 내리꽂았다.

위잉!

강력한 라이트 훅이 루카스의 가드를 뚫고 안면을 훑었다.

가딩에 의해 위력이 반감되었으나 그것만으로도 충분하다. 그가 의도한 대로 루카스를 로프에 묶어놨으니 말이다.

그때부터 최강철은 미사일 같은 스트레이트와 양 훅으로 루카스를 두들겼다.

관중들의 피를 끓게 만드는 것은 머리를 맞대고 미치도록 싸우는 것도 좋지만 이렇게 강력한 공격으로 적을 무너뜨리는 것이 가장 효율적이다.

상처 입은 짐승.

루카스는 마지막 발악을 하듯 펀치를 날려왔으나 최강철은 그의 공격을 모조리 피하면서 치명적인 펀치를 그의 전신에 퍼부었다.

이미 루카스의 눈은 반쯤 풀려 있었는데 온전한 정신이 아니었다.

관중들은 벌써부터 자리를 박차고 일어나 있는 상태였다.

최강철의 활화산 같은 콤비네이션이 연속으로 터지며 루카스가 휘청거리자 모두 자리에서 일어나 함성을 지르고 있었다.

습관적으로 숙여지는 머리.

이성일이 분석한 것처럼 루카스는 공격받을 때 습관적으로 고개를 숙였다.

지금까지 그것을 알면서도 공략하지 않았던 것은 바로 지금 이 순간을 위해서였다.

콰앙!

최강철의 강력한 어퍼컷이 숨을 헐떡거리던 루카스의 고개를 하늘로 솟구치게 만들었다.

거의 백팔십도에 가깝게 머리가 들렸는데 펀치에 맞는 순간 루카스의 주먹이 추욱 늘어지며 무너져 내렸다.

레퍼리가 말리기 위해 다가왔을 때 이미 최강철은 몸을 돌려 루카스로부터 물러났다.

조용히 뒤로 물러나 레퍼리가 카운터를 세는 걸 지켜봤다.

루카스는 일어나기 위해 안간힘을 쓰고 있었으나 몸을 제대로 지탱하지 못하고 있었다.

심판이 카운터 도중 손을 가로젓는 순간 두 팔을 번쩍 치켜들고 관중들을 바라보았다.

경기가 시작되기 전 그를 향해 야유를 퍼붓던 사람들은 사라진 지 오래였고 오직 그를 향해 거대한 함성이 몰려들었다.

이만하면 괜찮았나?

괜찮았을 거야. 하지만 이건 시작에 불과하다는 걸 잊지 마.

조만간 당신들은 더없이 화려하고 불꽃같은 전투를 구경하게 될 거야.

피터와 샘은 여유 있게 앉아서 주변을 둘러보았다.

시저스 팰리스호텔 특설 링은 벌써 두 번째 왔지만 올 때마다 느끼는 점은 가슴이 뛴다는 것이었다.

호텔에서 뿜어져 나오는 화려한 조명, 그리고 웅대한 광장에 모인 수많은 사람.

아직 경기장에는 빈자리가 많았다.

있는 놈들과 시간을 쪼개서 쓰는 바쁜 놈들은 본경기가 시작될 때서야 모습을 드러내기 때문에 좌석이 다 차려면 조금 더 시간이 걸려야 한다.

그럼에도 통로를 따라 수많은 사람이 계속해서 들어오고 있었다.

메인 게임들이 곧 시작되기 때문인데 가끔가다 사람들 입에서 환성이 터지는 건 할리우드 영화배우들과 가수, 유명한 스포츠 스타들이 간간히 모습을 나타냈기 때문이다.

이제 본게임들이 시작되면 링에서는 전사들의 뜨거운 숨결이 흘러나와 지금 느끼고 있는 흥분을 열광으로 바꿔줄 것이다.

사람들이 웅성거리며 떠드는 소리가 들린 것은 동쪽에서 최강철이 등장했을 때였다.

이곳에 올 정도면 미국 내에서도 꽤나 영향력이 있는 사람들일 텐데 경기장을 반쯤 채운 관중들의 입에서는 평소에 하지 못할 야유들이 서슴지 않고 흘러나왔다.

"어이, 노랭이. 너희 나라로 꺼져!"

대부분의 야유는 그런 의미를 담고 있었다.

인종 비하 발언이었지만 사람들은 주변에서 야유가 터져 나올 때마다 웃었다.

오늘 경기의 특수성이 사람들을 그렇게 만들었다.

백인의 희망인 게리 쿠니가 헤비급을 장기 집권 하는 래리 홈즈를 꺾어주길 바라는 간절한 기대가 그들의 사고를 정지시켜 놓은 것 같았다.

피터와 샘도 야유를 들으며 웃었다.

그들은 자랑스러운 미국인이었고 군중들과 같은 마음을 가지고 있었으니 동조가 안 될 리 없었다.

루카스가 입장해서 손을 번쩍 들 때 그들도 함성을 지르며 응원을 했다.

질 거라는 예상은 조금도 하지 않았다.

동양에서 온 노랭이 정도는 루카스가 단박에 처치해 줄 것이라 믿었기에 몇 회에 끝낼 것이냐라는 내기에만 관심이 갔다.

그러나 막상 경기가 시작되고 동양의 노랭이가 환상적인 아웃복싱으로 루카스를 요리하는 장면을 보자 저절로 감탄이 새어 나오기 시작했다.

"우와, 저 자식. 테크닉이 장난 아니야. 엄청 빠르잖아."

"빠르기만 한 게 아냐. 잘 봐. 못 치는 펀치가 없어. 더군다나 이동 중에도 균형이 정확하게 잡혀 있단 말이야."

"모션이 끝내주는구만. 빈틈이 보이지 않아."

피터의 분석에 샘이 감탄의 표정을 숨기지 못했다.

정말이다.

가딩을 한 채 움직이는 최강철의 디펜스에 루카스의 펀치는 허공만 휘저을 뿐이었다.

일방적인 경기가 지속되면서 루카스가 몇 회에 KO로 이길 거냐는 내기는 이미 그들의 머릿속에서 허공 멀리 사라진 지 오래였다.

"마치 레너드를 보는 느낌이야. 그렇지 않냐?"

"어떻게 레너드와 비교를 해. 하지만 대단한 건 사실이군. 저 정도의 아웃복싱이라면 루카스가 잡기 힘들겠는데."

"하아, 저 바보 같은 자식. 엄청 얻어터지네. 방어가 안 되잖아."

"그래도 아직 몰라. 루카스의 맷집은 정평이 나 있으니까 지켜보자고."

1라운드가 끝나는 걸 확인한 피터가 감탄 속에서도 기대를 저버리지 않았다.

비록 동양의 노랭이가 대단한 아웃복싱을 선보이며 깜짝 놀라게 만들었으나 그들은 아직도 루카스가 이겨주기를 바라고 있었다.

하지만 2라운드가 시작되면서 그들은 벌떡 자리에서 일어날 수밖에 없었다.

엄청난 난타전.

아웃복싱을 하던 놈이 갑자기 스텝을 멈추더니 루카스와 맞짱을 떴다.

피가 저절로 뜨거워지기 시작했다.

한순간에 십여 발의 주먹이 오고 갔는데 얻어맞는 건 대부분 루카스였다.

정말 그들을 놀래게 만든 장면이 나온 것은 2라운드 중반이 지날 때였다.

클린히트를 성공시켜 루카스를 뒤로 물러나게 만든 동양의 노랭이가 엄청난 화력을 뿜어내기 시작했던 것이다.

너무 놀라 숨이 멈춰졌다.

눈에 보이지도 않을 정도로 빠른 펀치 샤워.

노랭이의 콤비네이션은 스트레이트와 양 훅, 보디와 어퍼컷까지 한꺼번에 쏟아져 나왔는데 마치 신화에 나오는 제우스의 번개를 보는 것 같았다.

소리를 지르고 있는 자신을 발견했으나 이미 그때는 전율에 젖어 이성이 마비된 상태였다.

저런 펀치를 맞고 살아남는다면 그건 인간이 아니다.

맷집이 좋은 루카스가 쓰러져 버둥거리는 걸 보면서 당연하다는 생각이 들 정도로 노랭이의 펀치는 무시무시했다.

"샘, 봤냐? 봤어!"

"쳇! 아우, 소름 끼쳐."

"저 새끼, 저거 뭐야? 도대체 어디서 온 놈이야?"

"야, 팸플릿 좀 봐봐. 저놈 이름이 뭐라고 되어 있냐?"

샘이 자신의 팔을 쓰다듬으며 의자에 놓여 있는 팸플릿을 가리키자 피터가 빠르게 집어 들었다.

그리고는 중간에 들어 있는 노랭이의 이름을 확인했다.

"으… 최강철!"

최강철이 루카스를 쓰러뜨리자 스포츠라인의 토머스가 미친 듯이 사진을 찍어댔다.

뒤에서는 관중들이 모두 일어서 함성을 지르며 박수를 치고 있었다.

마치 세계 챔피언이 도전자를 압도적인 힘으로 눌렀을 때 쏟아져 나오는 환호성과 비슷하게 느껴졌다.

"아우, 저 새끼 대단하네. 그때도 느꼈지만 엄청나구만."

"할리, 나 좀 잠깐 나갔다 올게."

"어딜 가려고?"

"전화 좀 써야겠어. 조금 이따가 봐."

"잠깐, 너는 꼭 이 상황에서 이런 짓을 해야겠냐? 너 쟤 띄우려고 그러는 거지?"

"귀신같은 놈."

"너무 빠른 거 아냐?"

"괜찮아. 저 정도면 돼. 맞으면 좋고 틀려도 상관없어. 래리홈즈와 게리 쿠니의 경기 결과가 어떻게 나올지 모르지만 슬쩍 끼워 넣을 생각이야. 우리는 저런 애들을 키우는 게 일 아니냐."

"그렇긴 한데……."

"같이하자. 매도 같이 맞아야지."

"물귀신 작전이냐?"

"물귀신이 될지, 나중에 보너스를 받게 될지 어떻게 알아. 일단 사무실에 연락해서 저놈 아마추어 전적 좀 정확하게 확인해 봐야겠어."

"하아, 고민되게 만드네."

스포팅 뉴스의 할리가 토머스의 말을 듣고 인상을 찌푸렸다.

대단한 건 맞다. 하지만 갓 데뷔한 놈에 대한 기사를 쓴다는 건 부담도 이만저만이 아니었다.

그럼에도 가장 친한 토머스가 하겠다고 덤비자 슬쩍 마음이 동했다.

그 정도로 최강철의 경기는 충격적이었다.

$$* \qquad * \qquad *$$

라커룸으로 돌아온 일행들의 얼굴에는 웃음꽃이 가득 떠올라 있었다.

준비한 대로 완벽하게 데뷔전을 치렀기에 윤성호와 이성일의 얼굴에는 자신감이 가득 배어 나왔다.

"야, 강철아. 오늘은 경기도 이겼으니 특식이나 먹으러 가자."

"어디로?"

"황인혜 씨가 가르쳐 준 한국 식당 가서 김치찌개에 소주 한잔 어때?"

"아이구, 좋네. 좋아. 성일이가 기특한 생각을 다 했구만. 어떻게 너는 시간이 갈수록 똑똑해지냐."

윤성호가 나서면서 반색을 했다.

그동안 시합을 준비하느라 정신없이 살았기 때문에 긴장이 풀리자 소주 생각이 간절했다.

하지만 최강철은 장난스러움을 가득 담고 고개를 도리도리

흔들었다.

"이 자식아, 거긴 비싸. 돈도 없는 놈이 좋은 건 알아가지고."

"곧 대전료 나올 거 아냐. 우리, 돈 때문에 불쌍하게 살지 말자고."

"일단 씻고 생각해 볼게. 가진 돈이 달랑거려서 불안하거든."

그 말에 두 사람의 안색이 동시에 하얗게 변했다.

물론 두 사람도 생활비를 조금씩 부담했지만 대부분의 돈은 최강철의 주머니에서 나왔는데, 돈 주머니가 고개를 흔들자 세상이 다 무너지는 얼굴을 만들었다.

문이 열리며 사람이 나타난 것은 최강철이 샤워를 하기 위해 수건을 집어 들 때였다.

곱슬머리, 꼭 찐빵처럼 머리가 부풀어 오른 남자.

세계 복싱계를 한 손에 주무르며 거대한 부를 축적하고 있는 거물.

바로 돈 킹이었다.

"강철, 인사해. 돈 킹이셔."

뒤를 따라 들어온 톰슨이 소개하자 알은척을 할 사이도 없이 돈 킹이 거침없이 걸어와 최강철의 몸을 끌어안았다.

쇼맨십이다.

땀으로 젖은 몸을 아무런 거리낌 없이 끌어안았다는 건 그가 얼마나 상황 대처에 능한지 알려주는 것이었다.

왔어. 이제야 조금 관심이 당긴 모양이지?

"오늘 시합 끝내줬어. 부사장한테 여러 번 이야기는 들었지만 직접 눈으로 보니까 더 대단하더구만. 축하하네."

"고맙습니다."

"자넨 우리 럼블의 보물이야. 앞으로도 이렇게 멋진 경기를 계속 보여주면 고맙겠어. 그래, 어디 다친 건 아니지?"

"괜찮습니다."

"하하하… 그렇겠지. 내가 보니까 거의 맞지 않는 경기를 하더구만."

"루카스 정도는 너무 약합니다. 돈 킹 씨, 나는 더 강한 선수를 원합니다."

"호오, 그래?"

"톰슨 씨에게도 말했지만 나는 두 달에 한 번씩 링에 올라가고 싶습니다. 그리고 다음부터는 정규 라운드를 뛰게 해주십시오. 화끈한 경기를 보여 드릴 테니 말입니다."

"알겠네. 내가 그렇게 해주지. 나도 자네가 무럭무럭 스타로 커주기를 기대한다네. 오늘 시합처럼만 해준다면 그런 날이 오는 건 어렵지 않을 거야. 하하하… 난 바빠서 이만 가봐야겠어. 조만간 다시 보자고."

돈 킹이 껄껄 웃으며 최강철의 어깨를 두드렸다. 그런 후 라커룸을 빠져나가기 위해 몸을 돌렸다.

최강철의 입이 불쑥 열린 것은 돈 킹의 몸이 완전히 돌아섰을 때였다.

"대전료는 내일 바로 입금해 주시면 고맙겠습니다. 오늘 남은 돈으로 저녁을 먹으면 빈털터리가 되거든요."

*   *   *

일행은 래리 홈즈와 게리 쿠니의 경기를 지켜봤다. 공짜로 세기의 대결을 볼 수 있었으니 이런 행운도 없다.

경기는 일방적인 응원 속에서 치러졌으나 래리 홈즈의 KO승으로 끝이 났다.

압도적인 경기력의 차이.

두 선수가 받은 금액은 각각 1,000만 달러를 상회했으니 얼마나 커다란 관심 속에서 치러졌는지 알 수 있었다.

그런 거금을 받고 치러진 경기답지 않게 래리 홈즈는 게리 쿠니를 압살해서 승리를 간절하게 원하는 백인들의 소망을 무참히 박살 내버렸다.

백인들이 소동을 일으켰으나 경기 결과를 바꿀 수는 없다.

링 위에서 싸운 자들은 그들이 아니라 래리 홈즈였고 게리 쿠니는 그의 상대가 되지 못했다.

최강철이 집으로 돌아온 것은 시합을 끝낸 이틀 후였다.

그의 통장에는 정확히 만 달러가 찍혀 있었는데 웃으며 떠난 돈 킹이 다음 날 입금시킨 대전료였다.

우리나라 돈으로 670만 원이다.

일반 회사원 월급이 50만 원 정도밖에 안 되는 시절이었다는 것을 감안한다면 엄청나게 큰돈이었다.

하지만 래리 홈즈가 받은 금액에 비한다면 그야말로 조족지혈이다.

그럼에도 조급한 마음은 들지 않았다. 아직도 그에게는 루시퍼가 준 시간이 많이 남아 있었다.

집으로 돌아오고 난 다음 날 레드불스로 들어가자 센터장 피터를 비롯해서 소속 선수들이 승리를 축하해 주었다.

그들이 TV에도 나오지 않은 자신의 시합 결과를 어떻게 알았는지 궁금했으나 해답은 친하게 지냈던 마크로부터 흘러나왔다.

그의 손에는 스포츠라인 신문이 들려 있었는데 한쪽 귀퉁이에 최강철의 기사가 실려 있었던 것이다.

〈동양에서 온 갈색 폭격기, 허리케인 최강철을 주목하라〉

제목이 멋있다.

뉴스를 쓴 기자는 직접 라커룸까지 찾아와 인터뷰를 했던 토마스였다.

기사에는 자신의 아마추어 전적이 무패였으며, 어마어마한 KO율을 지녔고, 루카스를 일방적으로 쓰러뜨렸다는 사실과 함께 향후의 행보가 기대된다는 것들이 적혀 있었다.

피터는 물론이고 마크와 제임스 등의 선수들도 그의 아마추어 전적까지는 몰랐던 모양이다.

"우와, 강철. 나는 네가 그렇게 대단한 선수인지 몰랐어. 아마추어에서 KO율이 97%라는 게 말이 돼? 브릴랜드를 이겼다고 해서 운이 좋았다고 생각했는데 그게 아니었던 모양이야. 정말 대단해."

"루카스도 일방적으로 쓰러뜨렸다며. 나는 네가 고전할 줄 알았어. 그 자식, 꽤 잘하는 신예로 이름이 있던 놈이었거든."

마크와 제임스가 떠들어대자 선수들이 한마디씩 거들었다.

그들은 최강철과 스파링을 해본 선수들이었기에 어느 정도 실력을 가졌는지 눈으로 직접 확인했지만 설마 루카스를 일방적으로 때려 부술 줄은 생각하지 못했던 모양이다.

빙긋 웃어주었다.

이들은 아직도 모른다. 내 세상에서 살아 숨 쉬는 야망의 크기와 실력을 말이다.

돈 킹은 약속을 잘 지켰다.

2~3달에 한 번꼴로 시합을 주선해 주었는데 그때마다 최강철은 상대를 박살 내며 경기를 끝냈다.

데뷔전 이후 6번의 경기를 모두 KO로 잡아냈다.

7전 7KO승.

그야말로 폭풍 같은 진격이었다.

그의 경기는 언제나 화려했고 불꽃처럼 뜨거워 관중들을 열광시키기에 충분했다.

상대가 점점 강해졌으나 최강철의 강렬한 펀치 세례를 견뎌 낸 자는 아무도 없었다.

데뷔전부터 그의 기사를 실었던 스포츠라인의 토머스가 계속 기사를 써댔고, 직접 경기를 관전했던 복싱 팬들의 입에서 최강철의 이름이 회자되기 시작했다.

이례적인 일이다.

아직 메인 게임으로 뛰지 않았음에도 최강철의 이름이 알려지기 시작한 것은 오로지 그의 불꽃처럼 강렬한 인파이팅이 관중들을 매료시켰기 때문일 것이다.

시합에 이겨 나갈수록 차곡차곡 통장에 돈이 불어났다.

계약 조건에 의해 승리할 때마다 대전료가 50%씩 상승했기 때문인데 계속 승리를 거듭한다면 다음 시합의 대전료는

20만 달러에 육박하게 될 것이다.

최강철은 통장을 바라보며 한참 동안 생각에 잠겼다.

3일 전 경기가 끝나자 대전료가 들어와 통장에 찍힌 돈이 20만 달러가 훌쩍 넘었다.

이제 서서히 다가온다. 돈이 돈을 벌어들이는 세상을 두 눈으로 확인할 시간이 점점 다가오고 있었다.

제19장
예쁜 향기 I

그때는 몰랐다.

1985년, 22살의 그는 철없이 친구들과 놀러 다니며 인생을 허비했다.

하지만 지금 생각해 보면 당연한 일인지도 모른다.

그 나이에 할 수 있었던 것이 과연 무엇이 있었을까.

허리띠를 졸라매며 살아왔던 삶. 미팅할 돈조차 없어 겨우 겨우 친구들에게 빌붙어 지낼 만큼 가난했고 미래에 대한 도전 의식은 아예 가져보지 않았으니 그저 되는 대로 하루하루를 살았을 뿐이다.

더군다나 어울리지 않게 정치 외교를 전공하면서 데모에
매진했으니 경제의 흐름에 대해서는 문외한이나 다름없었다.

과거의 기억을 가진 채 돌아왔으나 천재적으로 변한 두뇌
도 1985년에 벌어졌던 일들에 대한 기억을 되살리는 건 불가
능했다.

더군다나 미국이란 특수성은 더욱 그를 난감하게 빠뜨렸
다.

지금 현재, 그의 과거 기억을 되돌아 봤을 때 나오는 정보
는 1987년 미국 주식 시장을 공포로 젖게 만드는 블랙 먼데이
가 터진다는 것뿐이었다.

근 미래에 대한 기억은 생생하다.

1990년도에 들어서면 컴퓨터와 휴대폰 시대가 열리고 2000년
대는 본격적으로 IT의 시대가 열린다.

일본은 1990년 초기부터 부동산 버블이 일어나면서 쑥대밭
으로 변했고 우리나라는 IMF를 겪으며 세계가 주목하는 반
병신 국가가 되었다.

2002년부터 시작된 닷컴 버블 사태와 카드 대란으로 인해
다시 한번 고꾸라진 후 미국으로부터 촉발된 2008년 금융 위
기의 한파가 몰아닥쳤다.

돈을 벌기 위해서는 위기가 닥쳤을 때가 기회다.

하지만 현재의 미국은 아직 위기가 닥치지 않았고 주식과

부동산은 지지부진하게 횡보를 이어나가고 있었다.

　최강철이 맨해튼에 있는 럼블의 사무실로 황인혜를 찾아간
것은 따뜻한 봄기운이 아른거리는 2월의 마지막 주 수요일이
었다.

　그동안 시합과 관련하여 계속해서 연락을 주고받았는데 같
이 식사를 한 적도 여러 번 있었다.

　자신의 전문 분야가 아님에도 그녀가 그들 주변을 맴돌 수
밖에 없었던 것은 최강철 일행이 한국인이라는 특수성 때문
이었다.

　톰슨은 최강철이 연승 행진을 거듭하자 그녀를 아예 전담
매니저로 지정해서 관리토록 지시했기 때문에 틈나는 대로
레드불스를 찾아왔다.

　1년 반 넘게 시간을 함께하자 그녀는 이제 식구처럼 여겨질
정도였다.

　럼블의 사무실은 화려했다.

　맨손으로 황금 알을 낳는 시합을 개최하면서 수많은 돈을
벌어들였기 때문인지 럼블은 맨해튼에서도 가장 핵심 지역에
사무실을 가지고 있었는데 슬쩍 봐도 500평이 넘어 보였다.

　그 속에서 근무하고 있는 정장 차림의 황인혜는 고고하게
빛나는 한 떨기 장미처럼 아름다웠다.

"강철아, 네가 어쩐 일이야?"

"아직 시합 잡혔다는 연락 없나요?"

"시합한 지 얼마나 됐다고 그래. 그러다가 병 나. 네가 기계
니!"

황인혜가 의도와 다르게 나온 질문에 신경질적인 반응을
보였다.

그녀는 2~3달 간격으로 시합하는 최강철의 살인적인 스케
줄을 보면서 그동안 끊임없이 잔소리를 해댔지만 모두 걱정에
서 우러나온 것이었기에 그 모습이 예쁘게 보였다.

그녀의 나이는 34살이었으나 아직도 늘씬한 몸매를 유지했
는데 결혼을 안 한 이유를 도무지 알 수 없었다.

10살 때 부모님이 미국으로 이민 오는 바람에 따라온 그녀
는 이 이후의 삶에 대해서 가급적 말을 하지 않았다.

이 먼 이국땅에서 윤성호와 이성일을 제외하고 그를 걱정
해 주는 사람은 그녀가 유일했기에 만날 때마다 친숙함과 따
뜻함이 느껴졌다.

물론 뒤쪽에서 헤벌쭉 웃고 있는 윤성호와는 전혀 다른 감
정이었다.

"누나, 화 그만 내시고 마실 거라도 주세요. 날씨가 따뜻해
져서 그런가 목이 마르네요."

"어, 잠깐만. 일단 거기 좀 앉아… 그런데 광호 씨는 오늘따

라 멋지게 차려입고 왔네요?"

"오랜만에 시내 나들이 간다고 해서 멋 좀 냈습니다. 괜찮죠?"

"푸웃, 괜찮긴 한데 옷이 조금 크네요. 빌려 입었어요?"

"아닌데 가게 점원이 아주 잘 맞는다고 권해준 건데……. 이상하네."

"거기 앉아 있어요. 음료수 가져다줄게요."

윤성호가 머리를 긁적이며 자신의 옷을 이리저리 만지자 그녀의 얼굴에서 장난스러운 웃음이 비실비실 새어 나왔다.

오늘 윤성호는 번쩍번쩍 광을 내고 따라 나왔다.

황인혜를 만나러 간다고 하자 아침부터 때 빼고 광내더니 저번에 사놨던 양복을 척 걸쳐 입었다.

막상 그렇게 꾸미자 인물이 살아났다.

키는 그렇게 크지 않았으나 복싱으로 다져진 몸매와 양복이 어울려 본래의 괜찮았던 얼굴이 알랑 드롱처럼 변했다.

모든 게 황인혜 덕분이다. 누군가를 좋아한다는 건 윤성호 같이 답답한 남자도 로맨티스트로 변하게 만드는 마법을 부린다.

오렌지 주스를 가져와 일행 앞에 놓은 후 다시 한번 윤성호를 슬쩍 바라보는 그녀의 눈길에서 묘한 느낌이 전해져 왔다.

그렇게 만나면 지지고 볶더니 뭔가 이상한 냄새가 났다.

"오늘 온 거 시합 때문이 아니지?"

"눈치 빠르네요. 그러면서 시집은 왜 안 갔어요?"

"또, 또. 그건 프라이버시에 관한 거라서 묻지 말라고 그랬잖아!"

"너무 궁금해서 그렇죠. 안 그래요, 관장님?"

"나 끌어들이지 마라. 괜히 끌려 들어가서 혼나기 싫어."

윤성호가 눈을 지그시 감으며 고개를 설레설레 흔들었다.

아주 노련하다. 언제부턴가 그는 황인혜가 싫어하는 건 절대 하지 않으려고 했다.

"왜 왔니?"

"누나, 회계사라고 했죠?"

"응."

"능력이 좋은가 봐요. 럼블 같은 좋은 회사에 취직도 하고. 돈 많이 받아요?"

"남들 받는 만큼 받아. 그건 왜 물어봐? 너는 돈 많잖아."

"뉴욕대 나왔다면서요?"

"그렇게 안 보여? 누나처럼 예쁜 사람이 공부까지 잘했다니까 믿겨지지 않니?"

"거, 자화자찬은 웬만하면 하지 맙시다."

잘 견디던 윤성호가 그놈의 성질머리를 참지 못하고 불쑥 말을 꺼냈다가 황인혜가 째려보자 급히 고개를 돌렸다.

하지만 황인혜는 더 이상 추궁하지 않고 고개를 최강철 쪽으로 돌렸다.

"수상하네. 너 오늘 질문이 이상해. 꿍꿍이가 뭐야?"

"물어볼 게 있어서요. 다른 사람한테는 물어보기 힘든 내용이거든요."

"뭔데?"

"경제 관련 신문을 주욱 살펴봤더니 지금 미국 경제가 회복 중이라고 그러더군요. 맞나요?"

"맞아, 석유 카르텔이 붕괴되면서 유가가 곤두박질쳐 줬거든. 실업률은 11%에서 8%까지 떨어졌어. 경제가 회복되고 있다는 증거지. 각종 산업이 되살아나고 있기 때문에 올해 GDP 성장률이 3%는 훌쩍 넘을 거라고 해."

"하지만 계속해서 정부의 적자 폭이 커지고 있잖아요. 부채가 늘어나면 금리가 따라 올라가죠. 그렇게 되면 경제 성장을 확신하기는 힘든 거 아닌가요?"

"그걸 네가 어떻게 알아? 너 점점 이상해. 어떻게 알았어?"

"신문에서 봤다니까요."

최강철이 태연하게 대답했으나 황인혜는 눈을 동그랗게 뜨고 이해할 수 없다는 표정을 지었다.

그녀가 아는 최강철은 고등학교를 졸업하고 곧바로 미국으로 건너온 애송이에 불과할 뿐이었다.

복싱 선수들은 무식하다는 선입견을 가지고 있었으나 최강철과 계속 만나면서 그런 선입견을 버렸다.

최강철은 모든 면에서 침착했고 착했으며, 따뜻한 성품을 가진 사람이었다.

하지만 지금 눈앞에서 벌어지고 있는 일은 너무 과하다.

이제 22살, 그것도 복싱 선수에 불과한 어린 친구가 경제를 논하고 있었으니 정말 기가 막힐 노릇이었다.

그때 가만히 대화를 듣고 있던 윤성호가 불쑥 끼어들었다.

"어, 이상하네. 인혜 씨, 얘가 서울대 경영학과에 입학했다는 말 못 들었어요?"

"서울대 경영학과요?!"

"그래요. 난 알고 있었는 줄 알았는데… 얘가 2년 전에 서울대 경영학과 수석 입학 한 놈이에요."

"말도 안 돼… 그거 정말이에요?"

"내가 뭐 하러 거짓말을 하겠어요."

"그런 사람이 왜 복싱을 해요?"

"잘하니까요. 인혜 씨가 직접 보고도 강철이가 복싱을 왜 하는지 모르겠어요?"

윤성호의 눈이 차분하게 가라앉았다.

그는 뼛속까지 복싱인이었고 복싱이 인생의 전부인 사람이었다.

비록 황인혜를 좋아하는 감정이 있었지만 복싱을 하찮게 생각한다는 건 절대 받아들일 수 없었다.

움찔.

윤성호의 눈을 바라본 황인혜가 뒤늦게 자신의 실수를 깨닫고 당황한 표정을 지었다.

하지만 그녀는 사과 대신 질문을 꺼내 들었다.

"강철아, 난 경영학을 공부한 사람이 아니야. 경제에 대해서 궁금한 게 있다면 솔직하게 난 이 이상 대답해 줄 능력이 없어."

"하하하… 긴장하지 마요. 그냥 물어본 거니까. 사실 누나 한테 온 건 증권 계좌를 개설하고 싶어서 온 거에요. 누나, 주식은 하고 있죠?"

"어… 하고 있긴 한데… 지금은 거의 안 해. 그동안 워낙 손해를 많이 봐서."

"그럼 나 계좌 좀 터주세요. 제가 하고 싶지만 이곳 물정을 너무 몰라서요."

"너 매 맞아서 번 돈으로 주식하려고 그러는 거니? 하지마. 주식으로 성공하는 사람 별로 없어. 고생해서 번 돈을 왜 허공에 날리려고 그래!"

최강철이 증권 계좌 이야기를 꺼내자 그녀가 펄쩍 뛰면서 말렸다.

그 모습을 보자 상황이 대충 그려졌다.

예나 지금이나 개인은 기관의 밥이라 꽤 손해를 본 모양이었다.

빙그레 웃었다.

자신의 상황을 모르고 있으니 그런 손해를 봤다면 그녀의 성격상 말리는 게 당연했다.

그녀가 모르는 사실.

오랜 삶의 경험 속에서 봤을 때 모든 위기 전에는 주식 시장이 폭발한다는 것이었다.

비록 블랙 먼데이 전의 미국 주식 시장이 어떤지 정확하게 알 수 없으나 그런 판단을 내렸기에 여기에 왔다.

무작정 기다리는 장기 투자는 바보들이나 하는 짓이다.

지금 사서 블랙 먼데이가 오기 전에 판다. 그런 후 시장이 박살 났을 때 다시 들어갈 생각이었다.

"그냥 계좌 터서 조금씩 하려고 그래요. 재미 삼아서 할 거니까 걱정하지 마시고 계좌 트는 법만 가르쳐 주세요. 미국도 증권사에서 계좌를 여는 거죠?"

"하아, 너 참 별걸 다 안다."

"저는 취업 비자로 미국에 왔는데 외국인도 주식을 살 수 있나요?"

"그건 좀 알아봐야 될 것 같아."

"그럼 알아봐 주세요, 최대한 빨리."

"너 진짜 할 거야? 도대체 뭘 사려고 그러는 건데?"

"코카콜라와 버크셔 해서웨이가 괜찮지 않을까요."

최강철은 골드만삭스에 계좌를 개설한 후 자신의 지분 중 일부를 생활비로 남겨놓고 15만 달러를 반반씩 나눠서 코카콜라와 버크셔 해서웨이에 투자했다.

그가 버크셔 해서웨이를 선택한 것은 기억의 끝자락에서 워렌 버핏을 떠올렸기 때문인데 버크셔 해서웨이는 그가 운영하는 투자 전문 회사였다.

일종의 모험이다.

버크셔 해서웨이의 주가는 무려 1,450달러를 기록하고 있어 막대한 손해를 볼 수 있었다.

그럼에도 최강철은 과감하게 버크셔 해서웨이를 선택했다.

버크셔 해서웨이는 그가 삶을 버릴 당시 세상에서 가장 비싼 주식 중 하나였는데 무려 21만 달러를 기록한 꿈의 주식이었다.

물론 기다림의 과정이 필요했고 지금의 상황은 전혀 알 수 없으니 현명한 판단이라고 확신할 수 없었지만 걱정하지 않았다.

15만 달러는 미국 시장을 간 보기 위한 푼돈에 불과했다.

진짜 승부는 그의 기억이 명확해진 80년대 후반부터 시작
될 것이기 때문이었다.

　그때가 되면 역사는 또 하나의 전설을 보게 될 것이다.

　윤성호와 이성일은 그의 대전료 중 10%씩을 가져가는 것
으로 계약했기 때문에 2만 달러씩을 손에 넣었지만 최강철의
권유를 받아들이지 않았다.

　쓸데가 많기 때문이었다.

　이성일의 집안은 그와 비슷했기에 목돈이 들어오자 부모님
부터 생각했고 윤성호는 아직 어린 동생들을 위해 써야 할 곳
이 많았다.

　럼블 쪽에서는 한 달이 지났으나 기다리라는 말만 하면서
시합 날짜를 잡아주지 않고 있었다.

　그의 전적이 쌓이면서 괜찮은 상대를 골라내는 게 쉽지 않
다는 변명이었다.

　말도 안 되는 변명이란 걸 안다.

　럼블이 지금 소속 선수들의 시합을 잡지 못하고 있는 것은
돈 킹이 탈세와 횡령 혐의로 당국의 조사를 받고 있기 때문이
었다.

　그랬기에 편안한 마음으로 기다렸다.

　그가 펜실베이니아 대학으로 향한 것은 주식 매수를 모두

끝낸 다음 날이었다.

최강철은 시합이 끝나고 시간이 날 때마다 펜실베이니아 대학으로 가서 경영학 수업을 들었다.

그가 주로 들은 수업은 빈 스카터 교수의 경제학 원론이었다.

뭔가를 배운다는 생각보다 세계 최고의 권위를 자랑한다는 펜실베이니아 대학의 학풍과 수업 분위기를 느끼고 싶었다.

처음에는 어색하고 눈치가 보였으나 아무도 자신에게 신경 쓰지 않는다는 사실을 알고부터는 편안하게 수업을 받았다.

학생들의 숫자는 70여 명이나 되었고 모두 수업에 정신이 팔려 맨 뒷 자석에 앉아 있는 그를 신경 쓰는 사람은 지금까지 아무도 없었다.

그런데 오늘은 달랐다.

수업이 진행될수록 누군가가 자신을 주시하고 있다는 느낌이 들었다.

복서로서의 동물적인 감각이 있었기에 상대를 찾아내는 건 그리 어려운 일이 아니었다.

눈이 마주 친 그녀의 모습은 창을 통해 들어온 햇살에 비춰지며 신비로운 아름다움을 쏟아내고 있었다.

*　　　　*　　　　*

서지영은 친한 친구 클로이, 수잔과 함께 수다를 떨다가 강의실로 들어왔다.

친구들은 뉴욕의 명문 사립 고등학교 세인트 안토니에서 같이 공부한 사이였는데 똑같이 펜실베이니아 대학, 그것도 경영학과에 입학하는 행운을 누렸다.

하지만 행운으로 불리기에는 그녀들의 실력이 너무 뛰어났다.

천재 삼총사. 세인트 안토니의 선생님들이 그녀들에게 붙여 준 별명이었다.

봄 햇살이 찬란하게 빛나는 캠퍼스는 수업을 듣기 싫은 만큼 아름다웠으나 그녀들은 조금의 망설임도 없이 강의실로 향했다.

누가 시켜서 하는 공부가 아니었다.

신입생으로 들어온 것이 어제 같은데 벌써 3학년이 되었으니 희망찬 미래를 위해서라면 죽을힘을 다해 공부할 시기였다.

그럼에도 서지영의 눈은 그 남자를 확인한 순간 자꾸 시선이 갔다.

벌써 그 남자를 본 것이 오늘까지 5번째다. 같이 수업을 듣는 남학생들은 거의 다 알기 때문에 남자가 여기 학생이 아니란 건 금방 알 수 있었다.

한눈에 알아봤다. 그가 한국인이란 것을.

이 먼 이국땅에서 같은 나라 사람을 만난다는 것 무척이나 드문 일이었고 꽤 준수한 외모를 지녔기에 자연스럽게 시선이 갔다.

그에게 관심이 가기 시작한 것은 결국 외로움과 그리움 때문일 것이다.

친하게 지내는 여자 친구들이 있었으나 지금까지 한 번도 남자 친구를 사귀지 않았기 때문에 클로이는 오죽하면 자신에게 불감증이 있느냐고 묻기까지 했다.

말도 안 되는 소리다.

그녀가 백인 남자 친구를 사귀지 않은 이유는 한국 남자와 사귀어야 된다는 고지식함 때문이지 결코 불감증 때문이 아니었다.

시선이 자꾸 갔다.

분명히 몰래 수업을 듣는 게 분명한데 그는 아주 오래전부터 강의를 들어온 것처럼 자연스럽게 행동하고 있었다.

영화배우를 해도 되겠다. 거기에 스파이 영화라면 주연을 맡아도 될 만큼 아주 능숙하고 태연해서 제격일 것 같았다.

"저기요……."

수업이 끝나자 강의실에서 벗어나 차가 있는 쪽으로 걸어갈 때 뒤쪽에서 여자의 목소리가 들려왔다.

아무도 알지 못하는 곳이었으니 평소 같으면 그냥 앞만 보고 걸었을 것이다.

자신을 부르는 것이 아닌데 되돌아보면 부른 사람이 무안해진다는 사실을 오랜 경험으로 안다.

하지만 오늘은 돌아볼 수밖에 없었다.

그의 주변에는 아무도 없었기 때문이다.

천천히 되돌아서자 창가에 앉아 자신과 눈이 마주쳤던 여자가 다가오고 있었다.

심장이 쿵, 하고 내려앉았다.

가까이서 보니 여자의 아름다움이 멀리서 본 것보다 훨씬 생생하게 다가왔다.

"저 말인가요?"

"네. 우리 잠깐 이야기 좀 할래요?"

그녀의 얼굴에는 웃음이 떠올라 있었다.

햇살을 닮은 웃음이다.

그것도 사계절 중 가장 아름답다는 3월의 봄 햇살을 닮았다.

"무슨 일이시죠?"

"한국분 아니세요?"

"맞습니다."

"아, 제 생각이 맞았네요. 저도 한국 사람이에요. 반가워요."

"저도 그럴 거라고 생각했습니다. 한국 사람은 다른 동양인들하고 분위기가 다르거든요."

최강철의 대답에 서지영의 웃음이 더욱 진해졌다.

그렇구나. 이 사람은 이미 자신이 보고 있었다는 것을 알고 있었나 보다.

"저만 보고 있는 줄 알았는데 그쪽도 저를 봤나 보네요?"

"당연하죠. 그쪽처럼 예쁜 사람은 강의실에 없었으니까요. 비록 눈이 부셔서 제대로 보지 못했지만……."

"그거 칭찬이죠?"

"네, 맞습니다."

"우리 커피 한잔 마실래요? 제가 살게요."

"한국에서는 대체적으로 남자가 사잖아요. 하지만 이곳은 미국이고 그쪽에서 먼저 마시자고 했으니까 감사히 얻어먹겠습니다."

최강철이 빙그레 웃었다.

이 여자는 자신이 마음에 들어서 말을 걸어온 게 아니라 단지 같은 동포를 만났다는 반가움 때문에 이야기를 나누고 싶어 하는 것 같았다.

그럼에도 즐겁다.

이렇게 아름다운 여자와 눈부신 햇살을 맞으며 커피를 마신다는 건 청춘으로서 너무나 즐거운 일이 아니겠는가.

"강철 씨는 여기 학생 아니시죠?"

"네."

"난 벌써 강철 씨를 다섯 번이나 봤어요. 처음에는 복학한 학생인 줄 알았는데 아주 가끔 강의실에 나타나는 걸 보면서 우리 학교 학생이 아닐 거란 생각을 했어요. 공부하는 학생이 두세 달에 한 번씩 나타날 리가 없으니까요."

"유심히 관찰하셨군요. 제가 그렇게 잘생겼습니까?"

"호호… 잘생기셨어요?"

그녀의 반문에 입맛을 다셨다.

하긴, 아름다운 그녀의 눈에 자신이 잘생겨 보일 리가 만무했다.

"그럼 매력 있는 걸로 해두죠."

"몇 살이에요?"

"22살입니다."

"정말요. 나도 22살인데. 우린 동갑이네요."

"지영 씨는 여기 학생 맞나요? 내가 여러 번 강의에 들어왔지만 지영 씨는 처음 보거든요."

"반격인가요? 하지만 안타깝게도 난 여기 학생 맞아요."

서지영이 눈을 살짝 흘겼다.

참으로 천의 얼굴을 가진 여자다. 눈을 흘겼을 뿐인데 그녀의 얼굴에서는 또 다른 매력이 풀풀 쏟아져 나오고 있었다.

"이런 미인을 오늘에서야 봤기 때문에 한 말이었어요. 지영 씨는 경영학 쪽에서 세계 최고의 대학에 들어온 걸 보니까 공부 잘했나 봐요?"

"조금, 취미가 공부였거든요."

"취미가 공부인 사람도 있군요. 그 취미 재밌나요?"

"재밌어요. 모르는 걸 배우는 것처럼 재밌는 건 없잖아요."

"하아, 답답한 말이네요. 다른 사람이 들으면 지영 씨가 아무리 예뻐도 곁에 가지 않으려고 할 겁니다."

"그런데 강철 씨는 왜 강의를 들어요? 여기 학생도 아니면서?"

"여기 학생은 아니지만 저도 한국에서 경영학과에 적을 두고 있거든요. 그래서 세계 최고라는 펜실베이니아 대학의 강의는 어떤가 궁금해서 온 겁니다."

"아… 그랬군요. 혹시 어느 학교 다니세요?"

"서울대 경영학과 83학번입니다. 하지만 지금은 다니지 않고 있어요. 입학하자마자 휴학했거든요."

서지영의 눈이 반짝였다.

서울대는 한국에서 최고의 대학이었고 세계적으로도 꽤나

이름난 학교였다.

사실일까?

처음 본 남자의 말을 곧이곧대로 믿을 수도 없지만 이 남자
는 자신과 아무런 상관없는 사람이니 구태여 거짓말을 하지
않았을 거란 생각이 들었다.

그랬기에 그녀는 일부러 놀라는 표정을 숨기지 않았다.

"어머, 왜요?"

"미국에서 할 일이 있거든요."

"말하지 못할 비밀인가요?"

"궁금해요?"

"말하고 싶지 않으면 말하지 않아도 돼요. 우린 처음 본 사
이니까요."

"오히려 그렇게 말하니까 더 무섭군요. 난 복싱을 하러 미
국에 왔습니다. 아시죠, 복싱?"

"하아, 그게 무슨… 서울대생이 무슨 복싱을 해요. 농담이
죠?"

"농담 아닙니다. 벌써 7번이나 싸웠는걸요. 저 인기 있는 복
싱 선수예요."

최강철의 대답에 그녀의 얼굴에서 어이없다는 표정이 떠올
랐다.

복싱 선수라고? 이 곱상한 남자가?

속으로 별별 생각이 다 떠올랐다.

서울대에 다닌다는 것도 의심스러웠는데 복싱을 한다는 말을 듣자 점점 최강철의 정체가 의심스러워졌다.

지금 지구에서 가장 인기 있는 스포츠는 복싱이다.

특히 미국에서는 복싱 선수라면 여자들이 몸살을 앓을 정도로 좋아했는데 사내다움과 경제적인 수입이 다른 종목보다 훨씬 뛰어났기 때문이다.

그래서 그런가, 요즘 웬만한 남자들은 여자들에게 접근할 때 자신이 복싱을 배우고 있다며 거짓말을 하는 경우가 많았다.

같은 나라 사람이라는 것도 있었지만 한국 남자를 만났다는 설렘이 천천히 가라앉기 시작했다.

차가운 이성이 고개를 들고 반가움을 뒤로 밀어낸 채 최강철을 다시 보게 만들었다.

이 남자, 이상하다.

처음 본 사이에 말도 안 되는 거짓말을 계속 늘어놓는 걸 보자 자신의 호의가 철저하게 배신당했다는 느낌이 들었다.

최강철은 창문을 열어놓고 시원한 바람을 맞으며 달렸다.

펜실베이니아 대학에서 숙소까지는 1시간이 걸렸으나 곧게 뻗은 도로를 달릴 때마다 가슴이 뻥 뚫리는 자유를 만끽했기 때문에 지루하다는 생각을 가진 적이 없다.

자신이 서울대생이라고 말할 때부터 이상해졌던 서지영의 얼굴은 복싱을 위해 미국으로 넘어왔다는 말을 듣고 나자 실망감으로 가득 찼다.

한눈에 알아볼 수 있었다. 그녀가 자신의 말을 믿지 않고 있다는 것을.

그럼에도 애써 변명을 하지 않았다.

자신도 안다. 자신의 상황은 현실과 전혀 어울리지 않는 짓이었으니 다른 사람은 당연히 거짓말이라고 생각할 것이다.

오죽하면 오랫동안 같이 지냈던 황인혜마저 그가 서울대생이라는 것을 알았을 때 까무러치는 것처럼 놀랬을까.

조금 더 대화를 나누고 싶었지만 자리에서 일어나는 그녀를 잡지 않았다.

사람의 인연은 바람처럼 찾아왔다가 바람처럼 사라지는 법이다.

호기심과 반가움.

그녀가 자신에게 말을 건 것은 그 두 가지 때문이지 자신에 대한 관심과 호감으로 인한 것이라고 생각지 않았다.

그도 마찬가지였다.

오랜만에 만난 한국 사람, 그것도 여자를 만났다는 것으로 인해 즐거움을 느꼈을 뿐 서지영의 미모에 빠져 이성을 잃을 만큼 어리석지 않았다.

*　　　　　*　　　　　*

돈 킹은 WBA(세계 복싱 협회) 총회에 참석하기 위해 텍사스로 날아왔다.

작년 하반기부터 시작된 국세청의 추적으로 인해 지옥 같은 나날을 보냈는데 2주 전에야 백만 달러의 추징금을 내고 철창 신세를 겨우 면했다.

참으로 지긋지긋한 나날들이었다.

국세청의 추적은 악랄한 정도로 지독해서 잠조차 제대로 자지 못할 정도로 그를 괴롭혔다.

그러나 그는 불사조처럼 살아남아 백만 달러란 푼돈을 쥐어주고 자유의 몸으로 풀려났다.

가소로운 놈들이다.

고의적으로 자신을 죽이기 위해 발광을 했으나 그가 지닌 인맥과 힘은 상상한 것보다 훨씬 강했기에 놈들을 엿 먹일 수 있었다.

복싱 관계자 놈들은 국세청이 추적을 시작하자 자신의 시대가 갔다면서 웃었으나 그가 당당하게 올가미에서 벗어나 다시 모습을 드러내자 똥마려운 강아지처럼 꼬리를 말고 기어

다녔다.

세상이란 그런 것이다.

막강한 힘을 가진 자에게 힘없는 자들이 고개를 숙이는 건 오랜 역사가 증명한 세상의 이치다.

그가 필생의 적수인 밥 애런과 자리를 함께한 것은 총회가 끝나고 연회가 벌어질 때였다.

그와 함께 세계 복싱계를 양분하고 있는 밥 애런은 그와 달리 인텔리 출신으로 언제나 만날 때마다 자존심에 상처를 주는 놈이었다.

"와인 마실 텐가?"

"됐어."

"왜 마시지 않고. 그동안 속 많이 상했을 텐데 한잔해. 백만 달러가 적은 돈은 아니잖아."

또 긁는다.

다른 놈들은 백만 달러란 푼돈을 쥐어주고 자유의 몸이 된 그에게 찬사를 보냈지만 밥 애런은 교묘한 말투로 성질을 긁어 왔다.

알기 때문이다.

자신이 얼마나 많은 돈을 탈세하고 횡령했는지 밥 애런은 너무나 잘 알고 있었기에 국세청의 배후에 그가 있었을 거란 추측을 하고 있었다.

내민 와인 잔을 받아 들었다. 그러고는 한 모금 마신 후 밥 앨런을 향해 돈 킹이 비릿한 웃음을 흘려냈다.

"향기가 좋군. 고마워, 앨런. 내가 이 신세는 꼭 갚지."

"갚지 않아도 돼. 그까짓 와인 한 잔은 백만 달러에 비하면 아무것도 아닌데, 뭐."

"크큭… 맞는 말이야."

"자네가 자리를 비웠던 덕분에 내가 큰돈을 벌 수 있게 되었어. 아주 고맙게 생각한다네."

이 새끼가, 아주 죽으려고 작정했구나. 이탈리아 마피아를 동원해서 쏴 죽이면 속이 다 시원하겠다.

"이번에 헌즈와 헤글러가 붙으면서 최소 천오백만 달러는 벌어들일 것 같아. 말만 하라고. 그동안 돈을 벌지 못해서 추징금을 내려면 힘들 텐데 필요하면 얘기해. 빌려줄 테니까."

"이 자식아, 말조심해. 주인 없는 틈을 타서 경기를 가로챈 놈 주제에 무슨 헛소리야!"

"허어, 흥분하지 마. 자네 고혈압 있잖아. 그거 흥분하면 위험하다고 들었어."

돈 킹이 소리를 지르자 밥 앨런이 차갑게 웃으며 손가락을 비틀었다.

그 역시 돈 킹 못지않게 맺힌 게 많은 사람이었다.

그러나 어려움을 당하고 겨우 이 자리에 온 돈 킹의 분노에

비할 바는 아닐 것이다.

"한판 붙자."

"좋지. 내가 언제 자네 제안을 거부하는 것 봤어."

"이번에는 판돈을 조금 올리자. 네가 큰돈이라고 떠드는 백만 달러. 너한테 돈 따서 추징금을 내야겠다."

"푸하하, 나야 언제나 환영이지. 그래 무슨 체급으로 할 텐가?"

"웰터급. 단, 전적이 10전 이내인 놈으로 하지. 유명한 놈들은 재미가 없으니까."

"그거 괜찮은 제안이군."

밥 앨런이 흔쾌히 대답하자 돈 킹의 안면에서 득의의 웃음이 흘렀다.

"조건은 똑같으니까 힌즈와 헤글러가 싸울 때 메인 게임으로 붙이는 건 어때?"

"말도 안 되는 소리. 그 시합은 이제 한 달 반 정도밖에 남지 않았어. 말이 되는 소리를 해!"

"겁나면 죽어. 헛소리 찍찍대지 말고."

＊　　　　＊　　　　＊

서지영은 클로이, 수잔과 함께 언제나 붙어 다닌다.

그녀들의 1, 2학년 성적이 최상위권을 형성한 것은 천재로까지 불렸던 삼총사가 스터디 그룹을 같이하며 언제나 붙어 다녔기 때문이다.

미국 최고의 명문대생이며 천재적인 두뇌를 지녔다고 해서 매일같이 공부에 빠져 사는 건 아니었다.

클로이와 수잔은 벌써 남자 친구들 2, 3명씩 갈아 치웠는데 지금도 연애를 하는 중이다.

모르는 것이 없다.

워낙 오랜 세월을 같이 보내다 보니 집안 사정은 물론이고 좋아하는 이상형까지 빠삭하게 알 정도라 최근 관심사가 생길 때마다 그녀들은 수다를 아끼지 않았다.

"지영, 그 남자 오늘도 안 왔더라?"

"응."

"왜 안 왔지?"

"그걸 내가 어떻게 알아. 바쁘니까 안 왔겠지."

"혹시, 서울대생이라고 거짓말한 게 들통 날까 봐 오지 못하는 거 아닐까. 왜 사람 마음이 그렇잖아. 본의 아니게 거짓말해 놓고 미안하니까 나타나지 않는 것일 수도 있어."

"그럴 수도 있겠지. 하지만 서울대생에 유명한 복싱 선수라고까지 거짓말을 한 사람이야. 그런 사람과는 다시 만난다 해도 알은척할 이유가 없어."

"아휴, 아쉽다. 지영이가 관심 가진 남자는 처음이었는데 왜 하필 그런 남자였을까."

"자꾸 이상한 쪽으로 몰고 가지 마. 내가 그 사람과 대화한 것은 한국 사람이라서 반가웠기 때문이지 다른 생각이 있어서 그랬던 건 아니야!"

"잘생겼던데… 몸매도 훌륭하고. 우린 네가 그 사람과 잘되기를 바랐어. 너도 처녀 딱지는 떼야 되잖아."

"한국 여자는 정조를 무척 중요하게 생각한다고 몇 번이나 말해. 난 그 정도는 아니지만 꼭 해야 한다면 내가 사랑하는 사람과 할 생각이야."

"으응… 참 걱정이다. 여긴 한국 남자 구경하기가 하늘의 별 따기니까 문제지. 그러다가 처녀 귀신 될지도 몰라."

"그게 내 팔자라면 받아들여야지 어쩌겠니."

"넌 참 고지식해. 미국에 살면서 꼭 한국 남자를 고집하는 이유를 나는 전혀 이해할 수 없어."

"난 한국 남자와 결혼하고 싶다고 그랬잖아. 그래서 기다리는 거야. 언젠가 백마 탄 멋진 왕자가 나타나기를 말이야."

"늙어 죽으면 어쩌려고!"

"사람의 인연은 운명이라고 했어. 그러니까 기다리면 꼭 나타날 거야."

서지영이 가볍게 한숨을 내리쉬자 클로이와 수잔이 안타까움을 숨기지 않았다.

그녀의 한국 사랑은 남달랐다.

고등학교 때 미국으로 유학을 온 후 친하게 지내는 동안 서지영은 언제나 한국의 하늘과 땅, 그리고 사람에 대해서 이야기를 했다.

그때마다 그녀의 눈은 그리움으로 가득 차 있었다.

어느 날 그녀가 남자를 따라가는 걸 보며 깜짝 놀랐다.

한 번도 남자를 사귀지 않았고 고고한 백합처럼 접근해 온 남자들을 거부해 왔던 그녀가 남자를 따라가 말을 붙이는 장면은 충격 그 자체였다.

그럼에도 뒤늦게 그 남자가 한국 사람이란 것을 알고 이해할 수 있었다.

그녀의 한국 사랑은 특별했으니 충분히 이해할 만했다.

클로이와 수잔이 아쉬워했던 건 오랜만에 관심을 가진 사람이 거짓말쟁이란 사실 때문에 서지영이 힘들어한다고 생각했기 때문이다.

수잔이 슬그머니 입을 연 것은 서지영의 공부를 시작하려고 책을 열 때였다.

"지영, 만약에 말이야. 정말 만약에 그 사람 말이 사실이라면 어쩔래. 그래도 그 사람이 다시 나타나면 모른 척할 거니?"

*　　　*　　　*

최강철 일행은 거의 두 달 가까이 한가한 시간을 보내고 있었다.

오랜만의 평화로움.

윤성호는 럼블 측에서 아무런 연락이 없자 이성일과 함께 낚싯대를 메고 근처의 호수로 가서 낚시를 하며 시간을 죽였다.

1년 반 동안 7게임을 했으니 두 달 반마다 한 번씩 시합을 한 강행군이었다.

두 사람은 신났다.

윤성호야 원래부터 낚시광이라 이해하겠지만 뒤늦게 낚시를 배운 이성일이 더 빠져들어 아침마다 낚싯대부터 찾는 걸 보면 늦게 배운 도둑질이 더 무섭다는 게 이해가 갔다.

최강철은 서지영과 만난 이후 펜실베이니아 대학 대신 가끔가다 뉴욕대를 찾았다.

거리상으로는 오히려 뉴욕대가 더 가까운 곳에 위치했는데 양쪽 대학의 학풍을 전부 느껴보고 싶었기 때문이다.

물론 그 이유 때문만은 아니다.

그는 뉴욕대를 들를 때마다 금융의 중심지인 맨해튼으로 갔다.

15만 달러를 투자한 주식의 상황도 궁금했지만 그가 요새 신경 쓰고 있는 것은 투자 전문 회사의 허가 절차와 투자 방식, 세금에 대한 공부였다.

한국의 군사정권과 그 뒤를 이어 정권을 잡은 고리타분하고 무식한 정부의 손아귀에서 벗어나기 위해서는 적당한 시기에 제3국에 적을 둔 투자 회사를 설립하는 것이 반드시 필요했다.

톰슨이 황인혜와 함께 집으로 찾아온 것은 윤성호와 이성일이 낚시를 끝내고 돌아와 수선을 피울 때였다.

그들은 오늘따라 30㎝에 가까운 월척을 잡았는데 방방 뜨면서 얼마나 난리를 피웠는지 귀가 다 멍멍할 지경이었다.

떠들썩했던 집안이 톰슨의 등장으로 금방 조용해졌다.

시합이 있을 때마다 소식을 전해주고 필요한 것을 챙겨준 건 황인혜였지 톰슨이 아니었다.

럼블의 부사장답게 그는 늘 바쁘게 움직였기 때문에 어떨 때는 시합이 벌어지는 기간에도 그의 얼굴을 보지 못한 적도 있었다.

"강철, 잘 있었나?"

"오랜만입니다. 얼굴 보기 힘든 양반이 어쩐 일이십니까?"

"이 사람 말에 가시가 달렸군그래."

"오랫동안 시합이 잡히지 않아서 그런가 입이 까칠해졌어요. 직접 온 걸 보니 좋은 소식을 가지고 왔나 보죠?"

"눈치가 빠르구만."

"눈치가 빠른 게 아닙니다. 당신의 얼굴에 들어 있는 초조함이 여기에 그냥 놀러온 게 아니라는 걸 알려주었으니까요."

"푸하하하……!"

최강철의 말을 들은 톰슨이 크게 웃었다.

하지만 눈에 들어 있는 초조함은 가시지 않았다. 말하고자 하는 내용이 꽤나 심각하다는 뜻이다.

그랬기에 최강철은 눈을 오므린 채 천천히 입을 열었다.

"톰슨 씨가 긴장하는 건 오랜만에 보는군요. 나와 계약했을 때 보고 지금이 처음이니까 2년이 훌쩍 넘었네요. 자, 뜸 그만 들이고 말해보시죠. 뭡니까?"

"자네 말대로 시합이 잡혔어. 그런데 그게 조금 급해."

"급하다니요?"

"다음 달에 치러지는 헌즈와 헤글러의 오픈 게임으로 시합이 잡혔거든."

톰슨이 어깨를 으쓱하며 입술을 씰룩거렸다.

자신도 이런 소식을 전하는 게 매우 유감이라는 시늉이었다.

하지만 옆에서 지켜보고 있던 윤성호는 톰슨의 액션에 대해서 전혀 동조할 생각이 없었던 것 같았다.

서당 개 3년이면 풍월을 읊는다고, 윤성호도 이제 대충 영어를 할 줄 안다.

"뭐라고? 지금 그게 무슨 소리요. 걔네 시합은 다음 달이잖아!"

"그렇지."

"이제 한 달 조금 남게 남았는데 어떻게 시합을 합니까. 지금 그걸 말이라고 하는 거요?"

"미스터 윤, 상황이 그렇게 됐어. 나도 상당히 당황스러운데 어쩔 수 없는 상황이야. 이해해 줘."

윤성호의 어필에 조금 장난스럽게 접근했던 톰슨의 얼굴이 심각하게 변했다.

최강철의 코치를 맡고 있는 그의 입장에서 봤을 때 이런 어필은 당연한 것이었고 상황에 따라 시합을 거부할 수도 있었다.

하지만 속 내용까지 말할 수는 없었다. 갑자기 시합을 뛰게 된 선수에게 돈 킹이 내기를 걸었다는 걸 알려준다면 기름을 끼얹는 격이 될 것이다.

설득이 쉽지 않다는 것을 알기에 직접 왔고 이제부터 천천히 최강철과 코치진을 회유할 생각이었다.

"하아, 이 새끼가 뭐라는 거야. 이해는 무슨 이해. 지랄 염병 하고 있구만."

"완전히 엿 먹이겠다는 거죠. 이놈들 미친 거 아닙니까?"

톰슨의 변명을 들으며 윤성호가 한국말로 신경질을 내자 이성일이 뒤를 이어 목소리를 높였다.

두 사람의 생각이 똑같다.

어떤 미친 프로모션이 소속 선수에게 한 달 만에 준비를 끝내고 링에 오르라는 제안을 한단 말인가.

최강철이 입을 연 것은 두 사람이 동시에 화를 냈기 때문에 톰슨이 난감하다는 표정을 지을 때였다.

"톰슨 씨, 상황이 벌어졌을 때는 이유가 있는 법입니다. 지금 당신은 핵심에서 벗어나 말을 빙빙 돌리고 있군요. 말해보세요. 핵심을 알아야 응하든가 말든가 할 거 아닙니까?"

"밥 애런이라고 아나?"

"프로모터 밥 애런을 말하는 거라면 알죠. 돈 킹 씨와 라이벌 관계라고 들었습니다."

"자네도 알다시피 돈 킹 씨는 탈세 문제 때문에 최근까지 상당한 곤욕을 치렀네. 그런데 밥 애런이 WBA 총회가 끝나고 만찬 장소에서 돈 킹 씨에게 제안을 했다는군. 자네와 라이언 캐슬러를 시합에 붙이자고 말이야."

"왜죠?"

"경쟁심 때문이지. 자네가 말한 것처럼 두 사람은 오랜 세월 뜨거울 정도로 싸워온 사람들이네. 내가 알기로 돈 킹 씨가 자네를 자랑했는데 밥 애런이 비웃었던 모양이야. 그쪽 소속인 라이언 캐슬러가 요즘 무섭게 치고 올라가는 중이거든. 그래서 돈 킹 씨가 그 자리에서 오케이를 한 거지. 그 양반, 지는 걸 죽기보다 싫어해. 특히 밥 애런에게 만큼은 절대 지지 않으려고 한다네."

사실을 각색해서 말했다.

돈 킹과 밥 애런의 대화를 그대로 이야기한다면 최강철을 설득시키는 게 어려웠고 외부로 도박 사실이 흘러나갔을 때 돈 킹과 럼블은 치명타를 입게 될 것이다.

그럼에도 교묘한 말솜씨로 최강철을 자극하는 걸 잊지 않았다.

투지의 화신인 최강철에게 경쟁심이란 무기로 접근한다면 쉽게 일이 풀릴지도 몰랐다.

하지만 그의 말을 들었음에도 최강철의 표정은 더없이 평온하고 침착했다.

"재밌는 말씀이군요. 그렇다고 해서 시합이 그리 쉽게 결정될 수는 없는 거 아닙니까?"

"또 다른 이유가 있지. 헌즈와 헤글러의 대결은 세계인의 관심이 한꺼번에 쏠려 있는 시합일세. 돈 킹 씨와 애런은 각 프로모션에 소속된 최고 유망주에게 기회를 주고 싶다는 복안도 있었어. 비록 둘 중 하나는 치명타를 입게 되겠지만 이기기만 한다면 단숨에 스타의 반열에 오를 수가 있단 말이지. 어떤가, 이만하면 모험을 해도 괜찮지 않을까?"

"구미가 당기는 말이군요."

"그 정도가 아니야. 자네도 이제 메인에서 뛸 수 있는 기회를 잡은 걸세!"

"라이언 캐슬러는 어떤 선숩니까?"

"밥 애런이 자랑하는 놈이지. 9전 9KO승. 테크닉과 펀치력을 동시에 가진 하드 펀처야. 여기 그놈에 대한 정보와 비디오테이프가 있네. 자네 눈으로 직접 확인해 봐."

"음……."

"어떤가, 할 거야?"

"좋습니다. 하죠. 하지만 조건이 있습니다."

"뭐지?"

"그 정도의 모험을 하는데 맨입으로 할 수는 없죠. 보너스로 10만 달러를 주세요. 그러면 화끈하게 한판 붙겠습니다."

"돈 킹 씨에게 전하겠네. 하지만 그건 이겼을 때의 얘기야. 경기에서 진 선수에게 보너스를 줄 수는 없는 거 아니겠나?"

톰슨과 황인혜가 돌아갔을 때 윤성호는 불같이 화를 냈다.

모험이 아니라 미친 짓이다.

상대도 상대지만 제대로 준비가 되지 않은 상태에서 짧은 시간 만에 링에 올라가는 건 물속에 빠져 죽겠다는 것과 마찬가지 이야기였다.

더군다나 라이언 캐슬러의 전적이 너무 화려했다.

9전 9KO승.

본격적으로 상대에 대한 분석을 해봐야 알 수 있겠지만 전적만 가지고도 만만치 않은 놈이라는 판단이 들었다.

"야, 이 미친놈아. 너 돈에 환장했냐?"

"돈 때문이 아닙니다. 보너스를 요구한 건 이상한 냄새가 났기 때문입니다. 내 말이 먹힌다면 뭔가 있다는 뜻이겠죠."

"그런데 왜 네가 뭐가 아쉽다고 그런 꿍꿍이가 있을지 모르는데 모험을 해. 그 새끼가 어떤 놈인지 알고 그런 결정을 하냔 말이야. 만약 그놈이 줄곧 훈련하고 있었다면 어쩔래?"

"아직 우리에겐 시간이 있어요. 40일이면 충분합니다."

"아이고, 미치겠네."

윤성호가 자신의 가슴을 두드리며 답답함을 숨기지 못했다.

그는 좋아하는 황인혜가 왔음에도 그녀를 본체만체하며 결정을 번복하기 위해 무진 애를 썼지만 톰슨이 문을 나서는 순간 배는 이미 항구를 떠난 거나 마찬가지였다.

오히려 침착한 건 이성일이었다.

그는 처음에는 강하게 시합을 거부했으나 최강철이 끝내 시합을 강행하자 라이언 캐슬러에 관한 자료를 꺼내 보고 있는 중이었다.

"관장님, 이놈 왼손잡입니다."

"왼손잡이?"

"큰일인데요. 강철이는 지금까지 왼손잡이하고는 싸운 적이 없어요."

"이거 갈수록 태산이구만. 그럼 반대로 돌아야 된다는 거잖아."

"단정할 일이 아닙니다. 이놈 9연속 KO승을 거뒀어요. 전적을 보니까 전부 오른손잡이들과 싸웠단 말입니다. 비디오테이프를 분석해 봐야겠지만 뭔가 있어요. 단순하게 방어했다가는 큰 코 다칠 수도 있겠는데요."

"아우, 이 웬수 놈아. 사우스포란다, 사우스포!"

이성일의 말을 들은 윤성호가 소리를 빽 질렀다.

그는 과거 선수 생활을 할 때 31번을 싸운 적이 있었기에 사우스포가 얼마나 까다로운지 잘 알고 있는 사람이었다.

사우스포의 가장 큰 특징은 앞으로 내민 왼쪽 손이 상대의 오른손과 근접되어 레프트 잽의 활용도가 극히 제한된다는 것이었다.

그건 바로 최강철의 주무기 중 하나가 무력화될 수 있다는 뜻이기도 했다.

최강철은 윤성호가 화내는 모습을 보면서 빙그레 웃었다.

이럴 때마다 윤성호가 사랑스럽다.

그가 화내는 이유는 오직 단 하나, 최강철의 소망이자 그의 소망인 챔피언 꿈이 무산되는 것뿐이다.

"관장님, 사우스포도 맞으면 쓰러집니다. 그러니 어떤 괴물이 와도 상관없어요. 관장님이 지금까지 살아오면서 나보다 더 미친 괴물을 본 적 있습니까?"

토마스 헌즈와 헤글러의 대결은 전 세계적으로 초미의 관심을 끌어 모았다.

그들의 대결이 결정되었을 때 복싱 팬들은 환희에 젖어 전부 만세를 불렀다. 그만큼 엄청난 빅 이벤트였기 때문이다.

꿈의 대결.

사람들은 두 사람의 시합을 그렇게 불렀다.

링의 코브라 토머스 헌즈.

그는 비록 과거 레너드에게 패했지만 최근 들어 듀란과 강자들을 연속으로 꺾으며 자신의 존재감을 확실하게 각인시키는 중이었는데 공포의 스트레이트가 더욱 무서워졌다는 평가를 받고 있었다.

하지만 도살자 마빈 헤글러가 그의 상대다.

마빈 헤글러는 미들급을 완전히 석권하며 도전자들을 압살시켜 온 최상위 포식자였다.

그의 인파이팅을 견뎌낸 선수는 전무했다.

끊임없이 전진해서 상대의 발을 묶어놓고 야금야금 박살내는 그의 복싱은 인파이팅의 정수로까지 불린다.

팽팽한 긴장감.

도박사들은 6 대 4로 헤글러의 우세를 점쳤지만 전문가들은 쉽게 누구의 우위를 점치지 못했다.

그만큼 강한 펀치력을 가진 선수들이었고 테크닉 면에서도 정점을 찍은 강자들이라 어느 순간 누가 쓰러질지 알 수 없는 시합이었기 때문이다.

영상 분석실에 일행에 모여 앉은 건 톰슨이 다녀간 지 일주일이 지났을 때였다.

최강철은 시합이 결정된 후 다시 피지컬을 끌어 올리며 자신의 주 무기를 차근차근 점검해 나갔는데, 그동안 이성일은 영상 분석실에 틀어박혀 라이언 캐슬러의 경기 장면을 분석하고 있었다.

"잘 봐. 이놈 레프트 스트레이트가 어떻게 나오는지."

"스트레이트가 왜?"

"상대가 스텝을 멈추는 순간 귀신같이 포착해서 폭탄처럼 터지잖아. 이게 놈의 주 무기야."

이성일이 돌아갔던 화면을 되돌려서 스톱시키자 최강철과 윤성호의 눈이 집중되었다.

특이한 장면이 포착되었기 때문이다.

"잽을 생략하고 곧바로 레프트 스트레이트를 던지는군."

"맞아. 스트레이트를 잽처럼 활용하는 거지. 오른손잡이들은 레프트 잽에 익숙해져 있기 때문에 사우스포의 레프트 스트레이트를 잽이라고 착각하는 경우가 많아. 하지만 당하는 순간 치명상을 입게 돼."

"진짜 공격은 그다음부터구만. 스트레이트를 맞히고 난 후 그때부터 공격을 시작하는 거야."

"저놈의 펀치가 그만큼 강하다는 뜻입니다. 레프트 한 방에 상대가 충격을 먹지 않는다면 저런 공격은 쉽지가 않죠."

"강철이 말대로예요. 봐서 알겠지만 레프트에 제대로 걸린 상대는 급격히 방어막이 풀렸어요. 이놈을 잡으려면 이에 대한 대비책을 마련해야 돼요."

"알았다. 그건 깰 수 있을 것 같아. 또 다른 건?"

"이겁니다."

이성일이 화면을 돌리다가 금방 다시 멈췄다.

라이언 캐슬러가 상대를 압박하며 전진하고 있는 장면이었다.

이성일이 멈춘 화면에서 또 다시 특이점을 발견한 윤성호의 입술이 씰룩거렸다.

"하아, 이 새끼 봐라. 페이크를 제대로 거는구만."

"잘 보셨습니다. 이놈, 자신의 주 무기인 레프트 스트레이트로 페이크를 걸고 라이트 공격을 많이 하네요. 상당수의 클린 히트가 거기서 나옵니다. 문제는 라이트가 상당히 좋다는 거예요. 사우스포면서 오른쪽 훅과 스트레이트가 위력적이에요. 특히 보디 공격이 꽤나 인상적입니다."

"하지만 끝을 내는 건 레프트겠지?"

"빙고. 라이트로 충격을 주고 레프트로 전부 쓰러뜨렸어요. 아마 상대한 놈들은 시합을 하는 동안 계속 라이트에 당하다 보니까 이놈의 주 무기가 레프트라는 걸 잊게 된 거 같아요."

"이 두 가지뿐이야?"

"그럴 리가요. 다음은 이놈의 패턴 공격입니다. 이놈은 크게 네 가지의 패턴 공격을 가지고 있는데……."

이성일의 설명이 계속 이어졌다.

그 일주일 동안 라이언 캐슬러의 장단점이 이성일의 입에서 끊임없이 쏟아져 나왔다.

인간 승리다.

미국으로 와서 경기를 할 때마다 미친놈처럼 처박혀 연구하고 공부하더니 이제 전문가가 다 되었다.

*　　　　*　　　　*

시간은 빠르게 흘러갔다.

다시 훈련에 매진하면서 이성일이 분석한 내용들을 토대로 차근차근 준비해 나갔다.

상대가 강자라는 사실이 그를 즐겁게 만들었다.

그동안 상대해 온 자들이 만만한 건 아니었지만 무패 가도를 달리며 KO 행진을 벌이는 놈과의 일전은 온몸을 긴장과 흥분으로 가득 차게 만들었다.

시합이 잡히자 공기가 터질 것 같은 팽팽한 긴장감이 레드불스에 가득 찼다.

이제 레드불스의 선수들은 최강철이 시합한다는 소리만 들어도 소란이 일어났는데 그의 KO 연승 행진이 언제까지 계속될지 내기하는 사람들이 생겨날 정도다.

특히 이번 시합에 대한 관심이 컸다.

최강철의 상대가 최근 무섭게 치고 올라오는 라이언 캐슬러란 사실이 알려지자 레드불스 소속 선수들은 뜨거운 관심을 가진 채 그의 훈련을 지켜봤다.

특히 스파링 파트너로서 그를 도와주고 있는 마크와 제임스는 계속 응원을 보냈지만 최강철이 옆에 없을 때는 걱정을 숨기지 못했다.

"강철이 잘해낼까?"

"그놈도 강하지만 강철도 만만치 않아. 너도 스파링하면서 겪어봤잖아."

"하긴 그렇지. 강철이 처음 왔을 때 스파링하면서 대단하다고 생각했는데 지금은 도저히 넘볼 수조차 없어. 저런 놈을 이길 수 있다고 생각했으니 얼마나 웃긴 일이야."

"그때는 실력을 숨겼던 거야. 잘난 체하고 싶지 않았던 거지."

"강철 성격상 충분히 그랬을 거야. 남을 먼저 생각하는 놈이니까."

"이번에는 독하게 마음먹은 거 같아. 저것 봐, 저러다가 펀치 볼 날아가겠다."

마크가 최강철이 훈련하는 장면을 보면서 입맛을 쩝쩝 다셨다.

최강철은 10m 정도 떨어진 곳에서 두 개의 펀치 볼을 동시에 가격하고 있었는데, 펀치가 눈에 보이지 않을 정도였다.

빠르다. 정말 빠르다.

텔레비전에서 중계된 적이 없었기에 직접 시합 장면을 눈으로 본 적은 없었으나 훈련 장면만 봐도 상대가 어떻게 쓰러졌는지 짐작이 될 만큼 대단한 콤비네이션과 펀치력을 지녔다.

"죽여주는구만."

"저런 펀치에 엄청난 스피드까지 가졌으니 강철은 복싱을 위해 타고난 놈 같아."

"이번에는 볼 수 있겠지?"

"메인 게임으로 출전한다잖아. 시합 날 맥주 들고 오는 거 잊지 마. 여기서 같이 보자고."

"당연히 와야지. 시합은 같이 보는 게 재밌어. 걱정하지 말라고."

"강철이 이겼으면 좋겠다. 라이언 캐슬러를 꺾으면 강철은 우리와 다른 차원에서 살게 될 거야. 나는 저놈이 성공해서 감옥 같은 이곳을 빠져나가기를 바라."

"너도 그래야지."

"난 아무래도 아닌 것 같아. 저런 놈들이 판치는 곳에서 내가 견뎌낼 수 있겠어? 그래서 몇 번 더 싸워보고 그만둘 생각이야. 아버지가 농장 일이 힘들다고 돌아오래."

"후회되지 않을까?"

"괜찮을 거야. 꿈을 위해 원 없이 도전해 봤는데 왜 후회가 남겠냐. 8번을 싸워서 4번이나 졌으나 한 번도 대충 싸운 적이 없어. 앞으로 몇 번을 더 싸울지 모르겠지만 난 그때도 최선을 다해서 싸울 거야. 복싱을 그만둬도 내 남은 인생에서 후회가 남지 않도록."

       *   *   *

서지영은 벤치에 앉아 우두커니 하늘을 바라보았다.

푸른 하늘. 바늘로 찌르면 금방이라도 물을 쏟아낼 것처럼 아름답고 파란 하늘이었다.

캠퍼스는 이제 봄의 절정으로 치닫고 있었다.

나무들은 푸른 잎으로 물들었고 꽃들은 활짝 피어 보는 순간마다 탄성이 나오게 만들었다.

이런 순간들이 좋다.

공부에 지친 몸을 이완시켜 주는 화창한 오후의 햇살.

길게 기지개를 켜고 주변을 둘러보자 멀지 않은 곳에서 남학생들이 모여 이야기하는 게 들려왔다.

또 복싱 얘기다.

요즘 학생들 사이에서는 일주일 후에 벌어지는 복싱 이야기가 화제를 이루는 중이었다.

헌즈와 헤글러의 시합이라고 했던가?

도대체 이해할 수 없는 일이다.

최고의 명문대생들이 남녀 구별하지 않고 열광하는 걸 보면 복싱이 인기 절정이란 게 실감 난다.

하지만 그녀에게 복싱은 먼 달나라 이야기다.

어렸을 때부터 폭력을 싫어했고 남과 싸울 일을 만들지 않았기에 지금까지 한 번도 복싱을 본 적이 없었다.

사람들이 복싱에 열광하는 이유는 인간의 마음속에 숨어 있는 폭력성과 잔인성이 그 원인이라고 생각했다.

그럼에도 사람들이 복싱 이야기를 할 때마다 최강철이 떠올랐다.

창문을 통해 들어오는 햇살 속에서 그의 얼굴을 보던 시간들의 즐거움이 지금도 잊히지 않는다.

사랑을 해본 적이 없었으니 사랑이란 감정을 알지 못했고 자신의 설렘이 사랑이라고 생각하지 않았다.

그럼에도 그에게 자꾸 시선이 갔던 건 얼굴에서 풍겨 나오는 순수함과 따뜻한 미소 때문이었을 것이다.

지금 생각해 보면 모든 것이 이상하고 어색한 일들 천지였다.

학생이 아닌 그가 먼 곳까지 와서 강의실에 들어온 것도, 그녀가 관심을 가진 것과 궁금증을 참지 못하고 말을 붙인 것도 상식적으로는 납득되지 않는 일이다.

더 이해할 수 없는 건 그의 말이었다.

아무리 생각해도 그의 말은 모순투성이였다.

자신은 이곳에 오기 위해 고등학교 3년 동안 공부에 파묻혀 살았다.

많은 것을 희생할 수밖에 없었다.

무언가 목적한 바를 이루기 위해 인간은 집중 속에서 고난과 고통을 참아내며 많은 것을 희생해야 한다.

좋아하던 피아노도 접었고 다른 학생들이 모두 즐기는 파티에 갈 생각은 아예 해보지도 않았다. 여행은 물론이고 심지어 엄마와 즐거운 시간을 갖지도 못했다.

그런 희생을 통해 얻어낸 것이 바로 펜실베이니아 경영학과에 입학한 것이었다.

이곳에서 서울대에 관한 정보를 그녀보다 잘 아는 사람은 없을 것이다.

그녀는 중학교까지 서울에서 자랐고 심지어 서울대로 진학하려는 생각까지 가지고 있었기 때문에 서울대가 어떤 곳인지 너무나 잘 알고 있었다.

한국에서 서울대는 꿈의 대학교였다.

그 말은 자신이 한 것처럼 천재적인 머리를 지닌 수많은 학생이 밤을 새워 공부해야 겨우 들어갈 수 있다는 것을 의미했다.

만약 최강철이 복싱 이야기를 하지 않고 서울대 학생이란 것만 이야기했다면 믿어줬을지도 모른다.

그것은 충분히 가능한 일이니까.

하지만 공부와 복싱을 병행한다는 건 그녀의 상식으로 도저히 이해가 되지 않는 일이었다. 그의 입에서 유명한 복싱 선수란 말이 나왔을 때 실망감이 든 것은 바로 그런 이유 때문이다.

그런데 시간이 지날수록 계속해서 뭔가 찜찜하다는 생각이 들기 시작했다.

사람은 목적이 있을 때 거짓말을 하게 된다.

그래서 그녀는 그의 거짓말이 호감을 얻어내기 위한 수작질이라고 생각했는데 지금 와서 생각해 보니 잘못된 판단이었다는 생각이 자꾸 들었다. 돌아서서 걸어가는 그의 발걸음이 너무나 당당했기 때문이다.

눈치가 빠른 사람인 것 같았다.

말로 하지 않았던 그녀의 실망감을 금방 눈치채고 떠나면서 그는 티끌만큼의 미련조차 남기지 않았다.

이것도 논리적으로 이해가 되지 않는 일이다.

그녀의 호감을 얻기 위해 거짓말을 했다면 적극적인 변명이 뒤따라야 했을 텐데 그는 더 이상 아무런 말도 하지 않았다.

도대체 뭘까?

보고 싶다기보다 궁금하다.

이렇게 앉아 있을 때마다 자꾸 그가 생각나는 건 그녀의 마음속에 남겨놓고 떠난 궁금증 때문임이 분명했다.

스포츠라인의 토머스가 레드불스로 찾아온 것은 최강철이 막바지 훈련에 매진하고 있을 때였다.

"어이, 강철. 잘 있었나?"

"바쁘신 분이 여기까지 어쩐 일이세요?"

"당연히 자네를 보러 온 거 아니겠나. 그래, 훈련은 잘돼가?"

"보다시피 열심히 하고 있습니다."

최강철이 수건으로 몸에 흐르는 땀을 닦으며 싱긋 웃자 토머스가 마주 웃었다.

그는 열성적인 최강철의 팬이다.

시합 때마다 워낙 강렬한 인파이팅을 펼치기 때문에 토머스는 그가 경기하는 곳에 벌써 3번이나 다녀갔다.

복싱 기자로서는 이례적인 일이 아닐 수 없다.

최강철은 아직 메인 게임으로 뛰는 선수가 아니었음에도 그는 경기가 KO로 끝나면 반드시 그에 관한 기사를 올렸다.

물론 단신이었지만 그것만으로 충분히 고마운 일이었다.

"내가 여기에 온 건 자네 상태를 체크하기 위함이야. 알지?"

"저 같은 사람을 뭐 하러 체크해요. 헌즈나 헤글러를 취재하기도 정신없이 바쁘지 않아요?"

"난 걔들보다 자네가 더 중요해."

"하하… 하여간 기자님도 이상한 사람입니다. 이제 겨우 7번 싸운 사람한테 너무 큰 기대를 하는 거 아닙니까?"

"걔들은 지는 별이야. 강철, 자네는 떠오르는 신성이고."

"고마운 말이네요."

"인터뷰 가능하지?"

"여기까지 오셨으니 그 정성을 생각해서라도 해야죠."

"땡큐, 그럼 인터뷰 전에 몇 가지 정보를 알려줄게. 난 자네의 왕 팬이니까 꼭 자네가 이기기를 바라거든."

"좋은 정보입니까?"

"아니, 나쁜 정보야."

"나쁜 정보라니까 슬쩍 긴장되네요. 그래, 그 나쁜 정보라는 게 뭐죠?"

"이번 시합은 조심해야 될 것 같아. 내가 알아본 바에 의하면 라이언 캐슬러는 거의 4달이나 훈련을 해왔어. 걔는 다른 시합이 잡혀 있었는데 뒤늦게 자네와의 시합으로 바뀐 거라더구만."

"그 자식, 운이 좋군요."

"더군다나 밥 애런이 최고의 전문가들을 투입해서 자네에 대한 장단점을 분석했단 말일세. 아마 철저히 파헤쳐졌을 거야. 밥 애런이 보유한 전문가들은 승리 청부업자라고 불리거든."

"그렇게 정성을 쏟는 걸 보니까 밥 애런이 꼭 이기고 싶은 모양이군요. 기자님, 한 가지 물어도 됩니까?"

"뭔가?"

"이 시합, 돈 킹과 밥 애런이 단순하게 경쟁심 때문에 벌인 일 같지 않은데 혹시 진짜 이유를 아나요?"

"푸하하… 경쟁심은 무슨. 그자들은 돈이 따르지 않으면 움직이지 않아."

"무슨 소리죠?"

"지들은 쉬쉬하고 있지만 알 만한 사람들은 다 아는 사실이야. 그자들은 가끔다가 내기를 한다네. 커다란 판돈을 걸어놓고 소속 프로모션 선수들을 시합 붙이는 거지. 내가 알기로 이 시합 판돈이 무려 백만 달러라고 하더구만."

"겨우… 그런 거였습니까……."

크크크……. 이 새끼들이 아주 웃기는구만.

'나를 장난감 병정처럼 손바닥 위에 올려놓고 놀았단 말이지. 지들 재미를 위해서……'

어쩐지 안 하던 짓을 한다고 했다.

밥 애런에게도 전문가들이 있지만 돈 킹에게도 그에 못지않은 자들이 있는데 톰슨은 그들을 보내주겠다는 제안을 여러 번 해왔다가 거절당했다.

최강철은 토머스의 말을 듣고 입술을 끌어 올리며 웃었다.

놀아달라면 예쁘게 놀아준다.

어차피 나도 원했던 일이니까 판을 키워줄게. 영원히 기억할 수 있도록 말이야.

『기적의 환생』4권에 계속…

초대형 24시 만화방

신간 100%, 샤워실, 흡연실, 수면실(침대석), 커플석, 세탁기 완비

▪ 광명 광명사거리역점 ▪

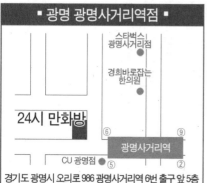

경기도 광명시 오리로 986 광명사거리역 6번 출구 앞 5층
02) 2625-9940 (솔목타워 5층)

▪ 강북 노원역점 ▪

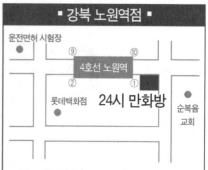

서울 노원구 상계동 340-6 노원역 1번 출구 앞 3층
02) 951-8324 (화용빌딩 3층)

▪ 일산 정발산역점 ▪

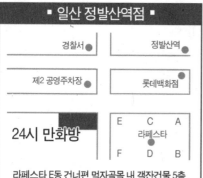

라페스타 E동 건너편 먹자골목 내 객잔건물 5층
031) 914-1957

▪ 일산 화정역점 ▪

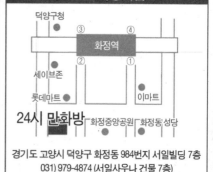

경기도 고양시 덕양구 화정동 984번지 서일빌딩 7층
031) 979-4874 (서일사우나 건물 7층)

▪ 부천 역곡역점 ▪

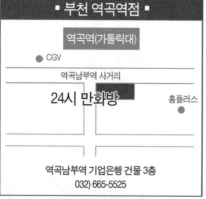

역곡남부역 기업은행 건물 3층
032) 665-5525

▪ 부평역점 ▪

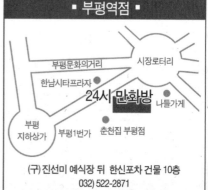

(구)진선미 예식장 뒤 한신포차 건물 10층
032) 522-2871

이경영 판타지 장편소설

FANTASY FRONTIER SPIRIT

그라니트

용들의 땅

GRANITE

사고로 위장된 사건에 의해 동료를 모두 잃고 서로를 만나게 된 '치프'와 '데스디아'.
사건의 이면에 상식을 벗어난 음모가 있음을 알게 된 둘은
동료들의 죽음을 가슴에 새긴 채 각자의 고향으로 돌아간다.
2년 후, 뜻하지 않게 다시 만난 두 사람은 동료들의 복수를 위해
개척용역회사 '그라니트 용역'을 설립해 다시금 그 땅을 찾게 되는데……

용들이 지배하는 땅 그라니트!
그곳에서 펼쳐지는 고대로부터 이어지는 운명적 만남,
깊어지는 오해, 그리고 채워지는 상처.

『가즈 나이트』시리즈 이경영 작가의 미래형 판타지 신작!

Book Publishing CHUNGEORAM

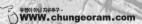
유행이 아닌 자유추구 -
WWW.chungeoram.com

리턴 마스터

2041년, 인류는 귀환자에 의해 멸망했다.

최후의 인류 저항군인 문주한.
그는 인류를 구하고 모든 것을 다시 되돌리기 위하여
회귀의 반지를 이용해 20년 전으로 돌아갔다. 하지만……

"어째서 다른 인간의 몸으로 돌아온 거지?"

그가 회귀한 곳은 20년 전의 자신도, 지구도 아니었다!

다른 이의 몸으로 판타지 차원에 떨어져 버린 문주한.
그는 과연 인류를 구원할 수 있을 것인가!

Book Publishing CHUNGEORAM

유행이어런 자유추구 ~
WWW.chungeoram.com

FUSION FANTASTIC STORY

박선우 장편소설

스크린의 별

비호감을 불러일으킬 정도로 못생긴 외모를 가진 강우진.

우연히 유전자 성형 임상 실험자 모집 전단지를
발견한 그는 마지막 희망을 걸고
DNA를 조작하는 주사를 맞게 되는데…….

과거의 못생겼던 강우진은 잊어라!

세상에서 가장 아름다운 사나이.
그가 만들어가는 영화 같은 세상이 펼쳐진다!

Book Publishing CHUNGEORAM

유행이 아닌 자유추구 -
WWW.chungeoram.com